東京美女散步 上

作者・繪者 安西水丸

邱香凝・譯

東京美女散歩

作者
安西水丸

一九四二年生於東京都。畢業於日本大學藝術學部美術學科，曾任職電通，於一九六九年離職赴美，在美期間曾任職於ADAC（紐約的設計工作室）。一九七一年回日本，在平凡社擔任藝術總監，之後轉為自由插畫家，以插畫家和小說家等多種身分活躍於各方面。對栽培插畫家後進不遺餘力。除了插畫作品之外還有許多著作，近作有《水丸劇場》、《小小城下町》、《地球細道》等。二〇一四年三月十九日辭世。

譯者
邱香凝

國立清華大學中文系，日本國立九州大學院比較社會文化學府碩士。喜愛閱讀與書寫，用翻譯看世界。育有一狗，最喜歡的一句話是「用認養取代購買」。

現為專職譯者。譯作有《日本最創意！博報堂的新人培訓課》《人生是一個人的狂熱》《飛上天空的輪胎》等。

2007年

2008年

2009年

2010年

東京美女散步㊦目錄

2007年

日本橋篇

因為這樣那樣的緣故，我做起一邊觀察美女一邊散步的事，心想從哪裡開始好呢，最後決定還是從所謂的御江戶，也就是日本橋邊界一帶開始吧。

首先在地下鐵銀座線京橋站下車，沿著中央通往日本橋方向徒步前進。走到高島屋前，忽然想和在五樓工作的小愛碰面。在賣場沒見著她，問了旁邊的店員，對方說這就去叫她回來。

小愛出身練馬區，今年應該要滿二十八歲了。兩年前，某出版社兩位年輕編輯策劃一場聯誼，我竟然也被找去。當天參加的女性有四位，最晚出現在聯誼地點那家餐廳的就是小愛。她稱不上是絕世美女，但白皙的皮膚與肉感的體態仍然頗為誘人。後來的事就讓我圈圈叉叉帶過吧。

「好久不見。」

「最近都沒收到妳的簡訊，還以為妳嫁人了呢。」

「沒這麼容易嫁掉啊。」

小愛說她這天八點就可以下班，於是約定晚點再碰面後，我便走出了高島屋。《東京美女散步》似乎有個好的開始，真不錯。

來到日本橋，或許因為時值年底的緣故，路上很多人。有個看來在附近工作的粉領族，可能只是出來辦點小事，所以連大衣都沒穿，小跑步進了便利商店之類的地方，那模樣有股說不出的嬌媚。大概受到地區特性的影響，這一帶連中年婦女都帶有一定的性感風情。

雖然日本橋上方架了高速道路，橋體本身還是頗有威嚴。過橋後，右手邊是過去的日本橋魚河岸遺址[1]。大正十二年（一九二三年）九月一日將近正午時分發生關東大地震，從那時起，東京被大火燒了整整三天。

後來日本橋魚市場終究無法在原地重建，轉而遷移到今日的築地（也曾暫時在芝浦設置臨時市場）。業者們總說「魚河岸」而不說「築地批發市場」或「魚市場」，就是

註釋

1「魚河岸」為日本橋和江戶橋之間沿著日本橋川北岸，從本船町至本小田原町一帶的魚市場。十七世紀初期開設，一九三五年搬遷至築地市場。

從當時日本橋的魚河岸沿習下來。

從日本橋下流過的是日本橋川。過橋後，左手邊有日本橋由來碑。日本橋重建過十九次，現在的日本橋竣工於明治四十四年（一九一一年），是一座用花崗石打造的文藝復興樣式石橋。

地下鐵銀座線日本橋站出來的地方，過去曾是白木屋百貨公司（昭和三十一年併入東急旗下，昭和四十二年改為東急百貨日本橋店，現在已經沒有了）。我高中時還叫白木屋，記得店內有艾米利奧·格列柯（Emilio Greco）的雕刻作品。

提起白木屋就想到昭和七年（一九三二年）十二月發生的大火災。白木屋總店四樓以上全部燒卻，是我國最早發生的高層建築火災，釀成死者十四人，重傷者二十一人的慘劇。值得一提的是（是否值得一提其實我不確定），當時許多身穿和服的女性出於羞恥心而無法跳樓逃生，據說這也是造成受害人數攀升的原因之一。當時的年輕女性真的很內向啊，要是現在的話即使全裸也會跳下去吧（我猜）。無論如何，這場火災成為女性開始穿內衣褲的開端。

寫這種事情或許會被罵，可是我還是比較喜歡女性穿和服時裡面只穿襯裙就好……

過了日本橋，地址就變成日本橋室町。沿著中央通往北走，左手邊是三越百貨，右手邊有許多歷史悠久的老商家。

日本橋上
架設了
高速道路
看起來
很侷促

總覺得
野村證券
大樓
很像
汽船。

位於橋南端東側的警視廳日本橋交番[2]附近，過去曾是示眾刑場。聽說會將罪人帶到這裡公開示眾，示眾刑是一種以殺雞儆猴為目的的刑罰。我曾看過伊藤晴雨描繪年輕女人受示眾刑的畫，令人不寒而慄。

午餐時間到了，我在老商家區一角的咖哩專賣店「Rain」

2 派出所。

吃了豬肉咖哩飯（七百八十日圓）。出乎意料的是店裡年輕女客很多，眼睛吃了不少冰淇淋。有個大概在附近上班的四人小組，胸前還別著名牌。姓外村的那位小姐長得很像石田百合子，有點吸引我。不，應該說四位小姐都長得很亮眼。

「不好意思，我因為這樣那樣的企劃，所以現在正在散步，方便的話，下班後可以約妳在這附近喝兩杯嗎？」

「真的嗎？好開心，一定要的啊。」

要是能夠發展成這樣就好了，可惜世事無法盡如人意。吃完豬肉咖哩飯，我就離開了。

有人說，日本橋室町的室町其實是模仿京都的室町。不過也有人說是因為這附近商家多，土牆倉庫（就是「室」）也多，所以才稱為室町。經過三越百貨後，接著可看到三井本館（三井紀念美術館）和日本橋三井塔。三越百貨最早由伊勢人三井八郎兵衛以「越後屋」的屋號創立，和白木屋一樣，原本是和服店。因為是「在三井的越後屋」所以後來才叫做「三越」。這附近有很多三井的系列企業。

示眾刑場就在日本橋
正在看女孩們吃咖哩飯的安西水丸
是喔……
聽說示眾刑就像這樣（根據伊藤晴雨的畫）
伊藤晴雨畫的露出乳房的受刑人

平常我很少在這一帶走動，沒想到年輕美女意外地多，而且還能清楚地感受到她們各自的特性。換句話說，和青山、澀谷、新宿一帶的美眉們有所區隔。我想，這裡是值得注目的區域。

我在大和屋買了正月要用的乾柴魚，在神茂買了魚板，在貝新買了醃漬蛤肉，還在有便堂買了細毛筆和便條紙等文具。

在三越百貨前面有日本橋新潟館和日本橋島根館，各自販售兩地的鄉土物產，兩間物產館都擠滿了客人。

司馬遼太郎先生曾寫過「日本美女的產地在島根縣」一語，對我來說則應該是新潟縣。無論如何，日本橋竟然同時有這兩縣的物產館，只能說是巧合了。冷風吹過，走過的女人們看起來都很怕冷。美女就適合怕冷的樣子。

沿著江戶通往日本橋小傳馬町方向走，想起很久很久以前，剛從紐約回來，還沒進入平凡社工作的那段期間，在日本橋室町某大樓的地下一樓工作的事。那是一九七一年的六、七、八三個月。

那棟大樓屬於我朋友，他說如果要從事自由接案工作的話，可以免費借我用。當時我已經不想在公司這種地方工作了，那棟大樓裡的工作室真

安藤廣重筆下的〈日本橋曙旅立之圖〉
收錄在《東海道五十三次》
女性是水丸擅自加畫的

的幫了我很大的忙。

在我之前，已經有另一個人使用大樓地下室作為工作場所，是一位女性。因此，我們共用一支電話。她叫中川壽美子（假名），比我大五歲，是位自由接案的文字工作者。後來我再也沒有和中川小姐聯絡，現在回想起來，她是一位散發寂寞氛圍的女性，彷彿竹久夢二畫中的女人。前面寫到中川小姐大我五歲，當時我二十九歲，所以她應該是三十四歲。幾乎沒有案子接的我，每天就幫中川小姐接電話。她經常為了採訪而外出，有時會帶千疋屋的冰淇淋回來給我吃。

我的儲蓄很快用盡，碰巧看到平凡社徵人

的廣告，參加了入社面試，僥倖錄取了。

走入日本橋小傳馬町，地下鐵日比谷線的小傳馬町車站附近有個十思公園，看得到傳馬町牢房的標誌。經常出現在古裝時代劇裡的小傳馬町牢房就在這裡。十思公園前的大安樂寺境內有刑場，吉田松陰就是在這裡受刑的。

繼續沿人形町通往日本橋人形町走去。

人形町這個地名的由來，據說是因為從水天宮到神田這一帶有許多做精緻人偶的商家[3]。我很喜歡這個地名，以自由插畫家身分創業時，還曾想過把工作室設在這裡。不過仔細考慮過後，擔心沒有人會來這裡委託工作，結果還是選擇了青山。如果現在方便的電子郵件或傳真、宅配等方式能更早普及的話，我一定會成為「人形町的水丸」吧。

感覺已來到老街區，年輕女孩的打扮也比較隨性。雖然如此，正好和這一帶的氣氛很相稱。

人形町十字路口的香菸行前有表示玄治店遺址的石碑。一說到玄治店，最有名的就是歌舞伎名狂言[4]《與話情浮名橫櫛》[5]中阿富的漂亮居所。春日八郎大紅大紫的歌曲

〈阿富〉中也有「漂亮的黑牆，越牆而出的松樹，婀娜多姿的女人，披著剛洗好的髮」的歌詞（山崎正作詞，渡久地政信作曲）。我小時候聽見這首歌時，把歌詞完全誤會成別的意思，解釋成「瀟灑的黑兵衛，神轎往來的城鎮」，一直以為是瀟灑的黑兵衛在城鎮上的熱鬧祭典中扛神轎的故事。哎呀，又說了個無聊的失敗經驗談。

話雖如此，在這個《與話情浮名橫櫛》中刀疤與三郎對久別重逢的阿富說的台詞倒是挺不錯。

「不值一提的戀情最要命……」

這種心情，從古至今都不曾改變。

朝水天宮方向走，沿著甘酒橫丁往明治座的方向去。從主打元祖親子丼的「玉秀」和「鳥忠」前經過，附近還有賣三味線的店等等，頗有情調。以前我常在這一帶喝酒，最近比較忙就少來了。

明治座後方是濱町公園。一提起日本橋濱町一帶就會想到明治座。明治六年（一八七三年）誕生於久松町的明治座原本叫做喜昇座，在歷經票房不佳與火災燒毀等境遇

3 日文中的「人形」就是人偶的意思。

4 狂言為日本四大古典劇之一，內容簡單即興的喜劇。

5 描述江戶時期雜貨店少爺與三郎和幫派老大情婦阿富的戀愛故事。

後，明治二十六年（一八九三年）重獲新生，成為初代市川左團次的據點，改名為明治座。小時候常和姊姊們一起來明治座看戲，一想起明治座，腦中就會浮現姊姊們穿和服的身影。

另外一首提到日本橋濱町就會忍不住脫口而出的歌是〈明治一代女〉（藤田正人作詞，大村能章作曲）：

飄啊飄　飄在濱町河岸
飄浮的柳絮　害羞的人
避人耳目　划著小舟
夜風故意來作對

嗯，真是教人愛到不行。這就是日本橋，這就是江戶的女人啊。

一走進濱町公園就看到啦，牽著狗的男人和女人。也有沒上牽繩的狗跑過來，對全世界的狗患有恐懼症的我終於被逼得手足失措。實在不想被當作奇怪的人，只好鼓起勇氣橫過到處都是狗的公園，走向隅田川畔，風吹著好冷啊。

看見一位二十五、六歲的女性停下腳踏車正在吸菸，我便向她借了打火機，點燃自己的雪茄。

「妳住在這附近嗎？」

「是啊，就在旁邊。」

她用拿菸的手指向甘酒橫丁的方向。

「住在這附近真不錯呢，住很久了嗎？」

「我在這裡出生的。」

「是喔，在人形町出生的啊？」

「第一次聽到有人用這種語氣講這件事欸。」

她終於露出笑容。近來，常有那種用笑容掩飾什麼，或是笑得意義不明的女性，相較之下，她這種瞬間綻放的笑容就顯得很有魅力。她說她家是做瓦楞紙箱的，我心想難怪不能在家抽菸。不過這句話並沒說出口。

從京橋穿過日本橋走到人形町，一路上也有遇到美女。這裡果然是好地方，日本橋真是東京的中心地。住在這裡的女性和在這裡工作的女性都熟知東京的空氣，我愛上這裡了。

看看時間已超過晚上七點，差不多該打電話給高島屋的小愛了。

站在三味線店門前談話的和服美女
大樓與大樓之間的日式房屋（在人形町）

從谷中穿過上野往淺草

搭乘地下鐵千代田線在千駄木下車，沿著三崎坂往上走[1]。爬到頂後，右手邊的多寶院是我家的菩提寺[2]，有段時間我一年內就來了差不多五次，現在減少到三次左右。我家祖墳附近有詩人立原道造的墳墓，不過這件事我到最近才知道。竟然都沒人告訴我，真是太奇怪了。立原道造是一位五官清秀，畢業於東大建築科，二十五歲就英年早逝的詩人。這位詩人頗受女性歡迎，這天我也稍微過去看了一下，果然有三個年輕女孩結伴來供花。她們說自己是東京女子大學的學生，在學校裡做立原道造研究。三人都長得相當標緻，我心想，真有你的啊，立原道造。沒想到她們三人也是村上春樹的書迷，我的身分馬上就曝光了。和她們站著聊了十分鐘左右才道別，真是有點害臊。

不管怎麼說，看來這次的美女散步也有個好的開始。

這附近從江戶時代初期之後就是一條寺院街，加上谷中靈園（由東京都谷中靈園、

在多寶院認識的
女大學生三人組
她們是立原道造和
村上春樹的迷……

天王寺靈園、谷中寬永寺靈園組成）也在此處，許多名人的墓都立在這裡。在東京長大的人，只要看葬在那裡，大概就知道往生者的背景或歷史了。

從多寶院徒步五分鐘左右進入谷中靈園，人稱毒婦的高橋阿傳的墳墓就靜靜地立在這裡。她似乎是個強勢的美人，因色誘殺害男人的罪名於明治九年（一八七六年）遭到逮捕（當時她二十九歲），後於明治十二年在市谷刑場處以斬首刑。忘了從哪本書裡讀過，她的陰部被保存在東大法醫學教室的某處，有興趣的人不妨自己調查看看。

就這樣，這次我打算以谷中為出發點，從上野往淺草一帶走走看。

1 日語中的「坂」有坡道之意。

2 日本人代代供奉祖先佛骨的寺廟。

出了多寶院之後向右走，很快就能看到感應寺，繼續走下去有個十字路口，左手邊是下町風俗資料館附設展示場。這棟建築原本是明治時代建立的酒行（舊吉田屋酒店），後來移築到此地保存。

走進感應寺看看，結果只是間普通的寺廟（廢話）。我在某出版社工作時，認識了一位姓「感應」的女編輯。我們曾一起去喝過一次酒，不過沒發生什麼令人大喊「嗚呼！感應！」的事（廢話）。

在這一帶散步很有意思。從下町風俗資料館附設展示場往左邊直直走就是東京藝術大學，再繼續往下走就是上野恩賜公園。從公園內走過，前方是勒·柯比意（Le Corbusier）設計的國立西洋美術館。我很喜歡立在美術館庭園中的《加萊義民》（*Les Bourgeois de Calais*，羅丹），每次來一定會走到前面欣賞。寒冬早晨沐浴在陽光下的雕像真是美好。我總會慢慢繞著雕像轉一圈，無論從哪個角度看，造型都是如此完美。真是可怕的羅丹。

隔壁是東京文化會館，附設商店裡的兩位女性長得相當美，兩人都穿奶油褐色細格紋的制服。其實我沒有想買什麼，就當是工作上前搭訕了兩句，她們親切的回應令人心生佩服。看來這裡值得再度造訪。

說到東京文化會館，很久以前，我曾在這裡的餐廳巧遇作曲家芥川也寸志先生，和他併桌用餐。當時我和剛從演員訓練班畢業的名不見經傳女演員一起，芥川先生那邊則是三個大男人。他不時偷瞄和我在一起的女人，似乎對她頗感興趣，令我產生了一點優越感。你問我到底想說什麼？其實是很無聊的小事，還是別說好了。

從上野的山坡往下走，走進阿美橫通。我有時會跑來這裡買衣服。曾經在這裡意外地找到想要的古董牛仔褲，開心得不得了。T恤我通常喜歡穿針織材質的亨利領，有些連在紐約都找不到的款式，竟然能在阿美橫通找到，真是神奇。

柯比意設計的國立西洋美術館

阿美橫的正式名稱叫做上野阿美橫丁。由來有兩種說法，一說是第二次大戰後食糧短缺時，這裡開了不少販賣番薯糖的店[3]，另一說是當時這裡成為販賣美軍物資黑市的商店街之故。兩種說法實在差異太大了，真希望能統一決定到底哪一種才正確。總之，不管是哪一種，這裡最早都是由黑市發展而成。東京有不少從黑市發展出來的商店街，黑市似乎具有某種打動人心的力量。

這一帶的美女說是美女，其實多半屬於帶點巴洛克風格的類型。或許可說是個適合穿著動物花紋迷你裙上街的地方吧。無論如何，這裡的女人們全都威力十足。

我踏上與阿美橫通平行的站前通，走進開在這裡的「蓄晃堂」。這裡有賣昔日歌謠曲的老唱盤，我打算在此打發時間。找到一張森山加代子的《JINJINROGE》（年輕人應該沒聽過吧）老唱盤，我就買了（四千八百日圓）。

阿美橫通與站前通的巷弄內擠滿各種雜貨小店。在其中一間眼鏡行工作的宮坂和美（假名）長得相當漂亮，纖瘦的身材和綁成馬尾的頭髮很相稱。在我找尋威靈頓鏡框時，她很親切地幫了許多忙，後來每次我到阿美橫都會順道來找她。不清楚正確年齡，大概三十五歲左右吧。差不多這歲數到四十五歲左右是女性最有女人味的一段時期（我是這麼認為的）。換句話說，那是一種非關年齡的魅力。說得下流一點，這段時期的女人身上帶有**女人的情色感**。

阿美橫總是
活力十足

我每次都在這裡（蕾昇堂）
找尋昔日的歌謠

我的動物占卜
結果是狼
所以老是忍不住
買下狼的擺飾

3　糖的日文發音同「阿美」。

「哎呀，這眼鏡真好看，很適合你。」
「真的嗎。最近很少看到這種鏡框，這一副是在青山找到的。」

我向來喜歡戴黑框的威靈頓眼鏡。就是克拉克·肯特（變身前的超人）戴的那種眼鏡。近來，這種傳統造型的鏡框很不好找。也有被拍成電影的楚門·卡波提（Truman Capote）來日本時戴的就是這種威靈頓框眼鏡。

和宮坂小姐聊了十分鐘左右，朝淺草出發。開始下雨了。

在雷門前下了計程車，從仲見世往六區和新仲見世通走。昭和二年（一九二七年）地下鐵開通，昭和六年東武鐵道的淺草雷門站落成啟

阿美橫有一間「大人的便利商店」裡面的假人模特有股說不出的情色感

用。連結車站松屋百貨與六區興行街的就是新仲見世通。過去的大興行街一般稱為「六區」，這原本是淺草公園在區劃整理上的稱呼，後來直接這麼成了地名。

走出蓋成拱頂商店街的新仲見世通，到六區時雨變大了。我加快腳步，走到淺草搖滾座前面。這裡不是能遇見美女的地方，我只是為了躲雨才會走上搖滾座的階梯，付了六千日圓買門票，拉開搖滾座的門。

喔！裡面正火熱呢。剛跳完一輪舞的友坂麗全裸大開雙腿，沐浴在舞台燈光下的她肌膚柔滑如蠟，害我情不自禁看傻了。我沒注意外面貼的照片就進來，沒想到能看到友坂麗的裸體，只能說是太幸運（她的名字我是後來才知道）。

這天的主秀是一位叫做大空明日香的舞

孃，我想她一定很受蘿莉控的歡迎吧，我卻是完全被友坂麗吸引。她不但性感（包括情色的意味在內），從她身上還能感受到一種好女人的氣質，真想不顧一切去休息室拜訪她，終究是拿不出勇氣。不知道她究竟是怎麼樣的一位女性呢，希望她不要被壞男人騙了。是說我未免也管太多了吧。

男人都抱著什麼樣的心情來看脫衣舞秀呢。大部分男人的目光都集中在女人的性器上，我卻不是這樣。我總是會看她們的臉。明明長得這麼漂亮，擁有這麼吸引人的肉體，為什麼要來這種地方，在男人面前張開雙腿呢。那對她們來說是一種快感嗎？還是為了償還債務而不得不這麼做？我對從事這類工作的女人很感興趣，也會在心裡揣測她們是否感到羞恥。聽說對舞孃來說，我這種客人才是最齷齪的。真是不好意思喔，哼。

現在淺草的脫衣舞劇場只剩下搖滾座，當我還是個高中生時，如果連不怎麼樣的也算進去的話，印象中大概有三、四間。

對了，渥美清和北野武也待過的法國座是昭和二十二年（一九四七年）開幕，搖滾座則是同一年的八月開幕。永井荷風特別喜歡的是歌劇館，不過我對歌劇館一點印象也沒有。

不管怎麼說，淺草脫衣舞劇場的全盛時期應該是昭和三〇年代吧。當時秀與秀中間的過場時間會上演短劇，關敬六、渥美清、長門勇、坂上二郎、萩本欽一等喜劇明星都從這裡誕生。沒記錯的話應該是法國座，我曾親眼看過後來成為小說家的田中小實昌先生在那裡演短劇。我大學時，池袋也有法國座，我在那裡看過TRIO THE PUNCH演的短劇。很久以前，在青山的酒吧巧遇內藤陳先生[4]，告訴他這件事時，內藤陳先生臉上那懷念的表情至今依然殘留我心。

雖然不是脫衣舞劇場，與從前的國際劇場（現在的淺草豪景酒店）隔著一條馬路的斜對面，有一間叫做安可劇場的電影院，經常放映不怎麼樣的B級電影。高中時常跟我結伴遊蕩淺草的是家在南千住經營中華料理店的S君，我們是安可劇場的常客。當時的淺草還有像見世物小屋[5]那樣的東西，有時我們會被招牌騙進去，然而裡面幾乎只展示以仰望角度畫的裸體畫或女體標本等內容，讓我們失望地掉頭就走。那種地方不是應該展出「偷木乃伊的人自己變成木乃伊」之類的東西才對嗎（其實好像也不太對）。

現在的東京還能若無其事高揭「見物」兩字的地方，大概只剩下淺草了吧。我很喜

4　搞笑團體TRIO THE PUNCH的成員之一。

5　昭和時代經常出現於祭典上的表演或展覽小屋，裡面通常展示罕見的人、動物或表演。

歡昭和三〇年代淺草特有的那種不怎麼樣的特質，後來的淺草不知怎地變得四不像，從那時起我便一直憂心忡忡。目前淺草唯一的脫衣舞劇場在搖滾座會館的三樓，原本松竹演藝場的位置則改由ROX大樓經營。不管怎麼說，真希望淺草舊時代的氛圍能不被遺忘。

我在淺草有好幾個朋友，我打電話給其中一位堪稱淺草地頭蛇的U君。

「美女散步是嗎？交給我就對了。」

U君這句話為我打了一劑強心針。於是我在位於西淺草的酒吧「SOMETHIN'」邊聽巴德．鮑威爾（Bud Powell）邊等他。

「SOMETHIN'」是播放爵士樂的正統酒吧，收藏眾多爵士樂曲，不管點什麼歌幾乎都能播放。我喜歡喝的琴蕾也調得很好喝。每次來淺草，我都不忘過來坐坐，抽抽雪茄待上一小時左右。這天很幸運，坐在我隔壁的是兩位美女。兩人大約三十歲左右，原來是某航空公司的空姐（現在不大這麼說了就是），她們好像很喜歡淺草，我沒特別問，但兩人說，假日時都會住在附近的飯店（應該是淺草豪景吧）。

「我就是不明白，淺草幹嘛搞什麼森巴嘉年華啊，是不是搞錯什麼了。」

我又多嘴說了不該說的話。幸好她們兩人跟我意見相同。奉勸淺草還是早點放棄森巴吧。

U君來了，今天就寫到這邊吧。

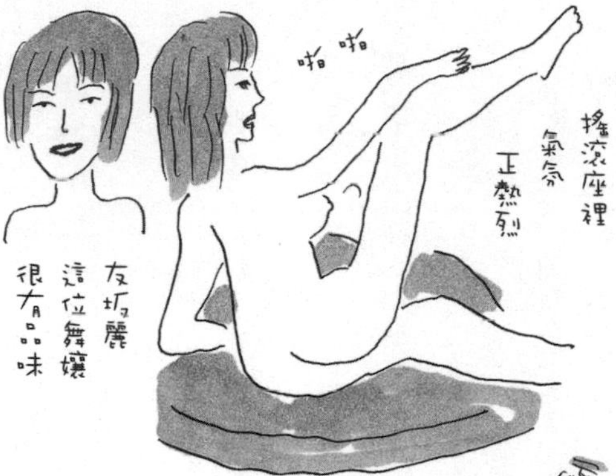

從下雨的巢鴨往大塚、池袋

從一大早開始，東京就斷斷續續地下著雨。這種天氣給人一種女人的感覺，或許很適合展開美女散步。

從表參道搭地下鐵半藏門線，在神保町下車，從這邊再繼續搭地下鐵三田線前往巢鴨車站。

東京的地下鐵很方便。因為我家在赤坂，說到搭車就是搭地下鐵。或許可以說地下鐵就是都會人的交通工具吧。住在東京，如果被說適合搭地下鐵，畢竟還是會很開心。要是換成「你很適合搭中央線耶」大概會有點沮喪吧。

到巢鴨時雨還在下。剛才忘了說，我決定將這趟美女散步的順序訂為巢鴨、大塚、池袋。我認為這附近意外地有不少品味特殊的東京人，但是究竟能不能遇到美女呢。總之，我就這麼在小雨之中邁步向前。

首先去的是專賣卡通角色和怪獸玩具的商店「佛雷特玩具店」。店裡擺滿了塑膠怪獸模型，簡直就是一間怪獸博物館。

記憶中我沒有玩過怪獸玩具。把我拉進怪獸世界的是以前活躍於K-1格鬥賽和PRIDE格鬥錦標賽的佐竹雅昭先生[1]。我第一次造訪這間「佛雷特玩具店」，就是他及當時擔任PRIDE製作人的百瀨博教先生帶去的。從此之後，我深深迷上怪獸玩具。我這個人就是腦波弱。

和店長秋葉勝教先生聊了十分鐘左右，我預訂了出現在超人力霸王裡的怪獸ZAZARN後，就離開了玩具店。

在巢鴨地藏通商店街上散步。這裡被稱為「老年人的原宿」，以供奉「拔刺地藏」為人熟知的高岩寺也在這裡。

高岩寺的本尊是延命地藏菩薩，聽說從江戶時代起就很有名。原來當時在江戶長州藩邸工作的女僕不小心吞了根針，在吞下一張本尊寶像（應該是紙符吧）後，竟然平安無事地把針吐了出來。從此之後，本尊便以「拔刺地藏」之名廣為所知，被視為能拔除

1 日本格鬥家。

人類罪愆，癒治萬病的地藏菩薩，受到民眾的信仰與崇拜。

商店街左右兩側有各式各樣的商店，逛起來很有意思。匪夷所思的是，不知為何竟有販賣紅色內褲的西服店。穿這種大紅色內褲的老人家會是什麼樣的老人家呢。在這裡沒遇到稱得上美女的美女，不過啊，再怎麼抗拒人總是會老的，大家也趁年輕時來這裡走一遭嘛？

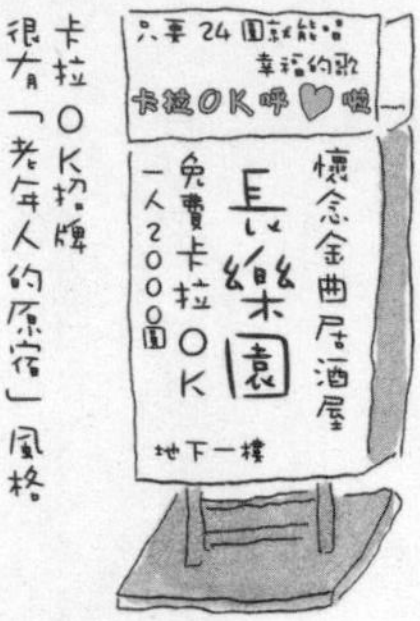

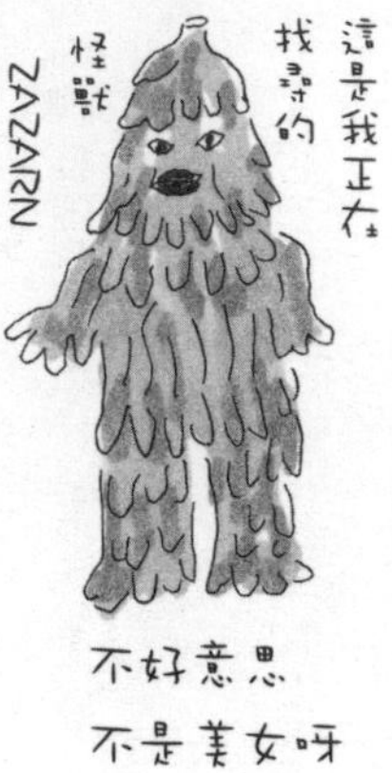

既然都來到巢鴨了，不如去本妙寺看看吧。在小雨中朝巢鴨五丁目方向走去。我還在練劍道時，每逢比賽就會來本妙寺參拜。因為這裡供奉著鼎鼎大名的劍豪千葉周作的墳墓。說到千葉周作，最為人所知的就是玉池的千葉道場。平手造酒、赤胴鈴之助、龍卷雷之進、坂本龍馬（拜入周作之弟貞吉門下）、山岡鐵舟……都是千葉道場的門生。少年時期，我在南房總（千葉縣）的千倉開始學劍道時，原本投入的是新形刀流派門下，來東京上高中後就轉到北辰一刀流派門下了。附帶一提，只要賽前參拜千葉周作的墳墓，我那次比賽就會輸。

站在完全沒保佑過我的千葉周作墳前，雙手合十參拜。好久沒來了。雖然不是順便造訪，我在離開本妙寺前也去了以「櫻吹雪」刺青聞名的江戶北町奉行「遠山的阿金（遠山金四郎景元）」墳前參拜。再順便一提，鄰近本妙寺的慈眼寺中供奉著江戶時代的畫家司馬江漢、《忠臣藏》故事中家喻戶曉的吉良家劍客小林平八郎，以及芥川龍之介、谷崎潤一郎等文豪的墳墓。

巢鴨對我來說還有個過去的小故事。住在千倉時的同班同學後來讀了位於巢鴨的私立高中，當時借宿於舊中山道和折戶通交叉點附近的庚申塚（巢鴨四丁目）一位青柳先生家。我這位同學中田正義（假名）借宿的是青柳家二樓一間原本不知道做什麼用的房間，大約只有一點五坪大。高二時，我經常和他見面。每次去找他玩，青柳家那個聽說小我們兩歲的女兒友子小姐（假名）會端茶和點心給我們。她是個有一頭長髮和丹鳳眼的少女。中田有個姊姊，嫁給在R製菓公司上班的男人，住在離青柳家走路十分鐘的木造公寓。當時R製菓是每星期日某人氣歌唱節目（沒記錯的話是TBS電視台）的贊助商，中田的姐夫常常給他可以進攝影棚參加錄影的門票。那個節目我每星期都會收看，主持人是玉置宏，固定以「一星期不見，各位觀眾好嗎？」做為節目開場白。

記得當年，中田曾約我一起去參加錄影。由於攝影場所位於代代木車站附近的山野廳，於是我們相約在代代木車站剪票口碰面。到了約定時間，中田遲遲沒有出現，等到我快受不了的時候，來的卻是青柳友子。原來中田臨時有事不能來。我們兩人不知該說什麼才好，默默朝山野廳走去。那天的節目來賓有守屋浩、井上宏、釜萢弘三人，當時他們三人都很受觀眾歡迎，人稱「三個HIROSHI」[2]。

我跟青柳友子聊了些什麼，現在實在已經忘得一乾二淨。只是，至今仍不時想起她那纖瘦的身材與那天穿的水藍色洋裝。

那個年代，到處都是堪稱真正美少女的青春期女孩，現在已完全看不到這種美少女了。

一邊回憶這些事，我一邊朝下個目的地大塚走去。雨停了。

都電荒川線的車站也在JR大塚站。聽說江戶時代，北大塚和南大塚都叫做巢鴨村。簡單來說，南北大塚都屬於巢鴨的一部分。現在的大塚是以山手線為中心發展而成的城區，雖然已經被池袋遠遠超越，過去也曾是比池袋更早開發，更熱鬧繁榮的地方，從三業通等道路名稱還可窺見過去的榮景，可惜的是我無緣親眼見識過去那個時代大塚的繁華。

不知為何散發一股巴黎風情的巢鴨車站

我在JR大塚車站南北兩邊走來走去。因為不熟悉這附近的環境，只是隨興亂走，這一帶有很多風格洗練的居酒屋，我便一邊走走看看，一邊暗自打分數。南口附近有天

2　三個人名字的發音皆相同，都是HIROSHI。

祖神社，我想起很久很久以前曾聽祖母說過這座神社的事。據說這座神社祭祀的是被視為巢鴨鎮護神的豐島氏中興祖豐島泰村，江戶時代也曾稱為神明社或十羅剎女社，一直是巢鴨村的總鎮守神社。祖母告訴我的就是與十羅剎女有關的事。這個十羅剎女是須佐之男命的小女兒，惡鬼彥羽根襲擊這個國家時，她趕來擊退了惡鬼。根據《法華經》的記述，十羅剎女長得非常美貌，起初雖是會襲擊並吃掉人類的鬼女，在聽了《法華經》的說法後改變了心性，此後便立誓將守護所有法華信眾。

在大塚四處走了好幾個地方，一樣沒有斬獲，沒能遇上和美女交談的機會。不過，有幸參拜往日十羅剎女的神社，也算是好事一樁。

不如說說與大塚相關且令我頗為在意的事吧。在我的朋友裡，有個滿會玩的男人，據他所說，雖然沒有大肆宣傳，大塚這個地區其實散布著不少祕密俱樂部。他指的大概是SM俱樂部啦，或是吸引其他特殊愛好者的冷門俱樂部吧。

「咦？這麼漂亮的女人怎麼會出現在這種地方？」

朋友說的是在祕密俱樂部遇到的女人。聽說那個女人白天是粉領上班族，不知為了什麼目的需要錢，卻是個清純得難以想像的女人。這類俱樂部在大塚出乎意外地多，有興趣的人務必自行調查看看。我也會再多學點，希望哪天有機會向大家報告。

雨又下了起來，這次我朝最後的目的地池袋走去。我個人認定，現在最活色生香的美女就集中在池袋。過去人家都說美女多半集中在東急東橫線或井之頭線所經過的澀谷，或是小田急線會通過的新宿。原因是許多從鄉下地方到東京工作，向上爬到部長左右位置的男人，往往選擇自由之丘或久我山、代代木上原等地方蓋屬於自己的房子。如此一來，他們那些正值青春期的女兒也就理所當然地集中在這些地區囉。然而，隨著時代的變遷，目黑區或世田谷區已經無法容納更多人入住，下一代上班族中平步青雲的人，開始住進板橋區的常盤台或成增，練馬區的櫻台或石神井等地方。順理成章地，他們那

天祖神社在江戶時代
曾被稱為十羅剎女社

些正值青春期的女兒不管去哪都得經過池袋了。說了這麼多原因，總之池袋是個令我很感興趣的地方。

太平洋戰爭結束後不久，池袋成為黑市盛行的街區。池袋西口、東口等周邊地區的黑市如雨後春筍一般崛起。小巷弄與高架橋下則有許多失去依靠又沒有其他謀生能力的女人，聚集在這裡賣春。就像田村泰次原著的電影《肉體之門》中描寫的一樣。

我讀的日本藝術大學位於西武池袋線上的江古田，當時每天都得經過池袋。話雖如此，卻沒有留下太多在池袋遊玩的記憶（頂多是在文藝座看個電影）。當時，淺草的法國座在池袋也開了池袋法國座。大學下課後回家路上，我和另外兩個同伴一起去過池袋法國座。那次演出串場短劇的是內藤陳先生領軍的TRIO THE PUNCH，這件事前一篇〈從谷中穿過上野往淺草〉也有提過。

池袋的美女幾乎集中在車站周圍，正在回家路上的女性身上總莫名散發一股倦怠感。

在服部咖啡舍畫的速寫
穿著灰色寬大針織外套的女高中生
穿吊襪帶的女性
露出蕾絲褲襪
路過和她一起的男性不畫(水)
牛仔迷你裙
只畫腳的速寫
我穿的是靴子喔
西部靴
搞不清楚該如何形容打扮成這樣的女性
牛仔褲
戴帽子的女性

我在池袋和本文的責任編輯I會合。I是少林拳的專家，和這人聊少林拳的事特別開心，他形容得活靈活現，我聽得滿心激動。

雨一直不停，在等I來的時候，我走進「服部咖啡舍」，坐在窗邊喝咖啡，順便速寫往來的美女以為自娛。雖然也有不怎麼樣的，但這附近絕品還真是很多。坐我隔壁桌的就是個相當難得的美女，左手夾著燒出長長菸灰的香菸，右手頻頻撥弄手機。畫速寫很好玩，我從小就喜歡一個人畫圖玩。

繼續介紹服部咖啡舍的速寫
話雖如此
可能只是我一直挑這樣的人畫而已……
整體而言很像酒店公關的池袋女性們

I來了之後，我們開始在小雨中散步。首先往西口方向走，但是怎麼也找不到以前去過幾次的居酒屋，便進了一家叫做「萬屋松風」的居酒屋，邊吃附上剝皮魚肝的生魚片邊喝酒。我想起杉浦明平先生的名著《剝皮魚肝》，這本書在與食物有關的書籍中顯得有些特立獨行，這家居酒屋倒是一個挺能讓人放鬆的地方。

「二戰結束後這附近到處都是黑市呢。直到我上大學的時候都還殘留有那麼一點當時的氛圍，現在已經完全消失得一乾二淨了。我總說池袋是東京的格林尼治村，因為不知怎地，老覺得池袋和紐約的格林尼治村很像啊。」

我對I這麼說。

接著，我們走向這次的最終目的地，酒吧「TOO」。我從前來過這裡，擔任酒保的林陽子小姐是位難得的美女，身為酒保的技術也很出眾。這天我喝的是琴蕾（上酒吧時我大概都喝這款雞尾酒），點了比平常喝的稍甜一點的口味。第一次來這家酒吧已經是很久以前的事了，酒保林小姐卻還記得我。林小姐的搭擋是一位叫做東汐理的女性，她也長得相當可愛，我和I心情好得不得了。在巢鴨、大塚沒遇到美女的遺憾，反而把這一天的結束襯托得更加美好。

從門前仲町往佃、月島

在銀座五丁目的竹葉亭吃了鰻魚飯，搭上地下鐵日比谷線時，正好剛過中午十二點。這次美女散步的地點是門前仲町、佃和月島。到底該過勝鬨橋進入月島比較好，還是過永代橋進入門前仲町比較好，我猶豫了一下，最後決定選擇走過永代橋，從門前仲町開始這天的散步行程。

在地下鐵日比谷線茅場町站下車，沿永代通往隅田川方向走，再走過永代橋。穿過永代街區，差不多過了清澄通時，可以看到左邊的深川不動尊（正確來說是成田山深川不動堂。想成千葉縣成田山新勝寺的分寺就沒錯了）。繼續往前走，則會看到以江戶三大祭典聞名的富岡八幡宮（八幡宮的祭典為深川祭，另外兩大祭典分別是赤坂日枝神社的山王祭，以及神田明神的神田祭）。過去，在木場這一帶富商們的金援下，門前仲町一帶多了花街增色，加上辰巳藝妓們[1]的風格與俠氣，即使同為三大祭典，深川祭硬是

比山王祭和神田祭多了一絲不同的意趣。

前面用了「過去」兩個字，其實如今在深川祭上仍可看到約莫五十座左右的神轎前後相連地在永代通上緩步輕移，那幅光景著實壯觀。說是這麼說，向來討厭祭典的我，每次看到那些在祭典中身穿「半被」[2]，自我陶醉的傢伙，總是會忍不住替他們害羞起來，真是傷腦筋。

在繪馬上寫下願望的年輕女性（地點是深川不動尊）
這樣啊
在富岡八幡宮看伊能忠敬像

要那樣也沒關係，可是難道沒別的事可做了嗎……

安西水丸我總是忍不住會這樣犯嘀咕。哎不過，或許為了祭典熱血沸騰才是道地江戶人的性子吧。

一如往常地，在深川不動尊參道入口的伊勢屋買了水饅頭和炸年糕（有鹽味和醬油味的，我喜歡的是醬油味），對神明合掌參拜。

1 專指深川的藝妓，賣藝不賣身，身披男性穿著的外褂，多取男性名，以俠義聞名。

2 又稱為法被，形似罩衫、外套，日本傳統服飾之一，經常在祭典穿著。

接著走向富岡八幡宮，在這裡也投了香油錢。富岡八幡宮中有大關力士碑和橫綱力士碑，相撲迷不妨到此一遊。

每年過年，我都固定前往淺草的淺草寺做新年參拜，不過前年過年時正好想去個不一樣的地點，於是改在深川不動尊及富岡八幡宮參拜。結果那年一整年完全沒有好事發生。新年參拜後過了幾天，我還因為喝醉搞得滿臉是血，又接下雖然能學到很多但一點也做不習慣的翻譯工作（翻的是楚門．卡波提的《盛夏航海》〔*Summer Crossing*〕），差點搞死自己。話說回來，那都得怪自己不夠深思熟慮又無能，怎麼能怪到神明頭上呢。我一邊這麼想，一邊恭恭敬敬地在神前雙手合十。

或許是我的虔誠感動了神明吧，後來在永代通上被一位妙齡女郎問路。那是一位身材纖瘦，長得很漂亮的女性。中分的瀏海朝左右兩側垂下，頭髮在腦後紮成一把馬尾的髮型也是我的菜。她問我大橫川上的巴橋怎麼走，我正好也要往那個方向去，於是就和她一起走。我們邊走邊交談，她說自己從札幌來，要去找住在這附近牡丹町公寓裡的哥哥。

到了巴橋，我和她道別，她向我鞠躬道謝時的清純模樣令人印象深刻。在東京的老街區遇到札幌美女感覺很奇妙，倒也不失為一次短暫的豔遇。

這一帶可說是運河區。大橫川、仙台堀川、平久川等細長的河流為附近居民帶來心靈上的療癒。河川上的橋名也都取得很好，冬木的鶴步橋、富岡的汐見橋、木場的舟木橋、牡丹的黑船橋、古石場的時雨橋等等，都是美得可以直接拿來當成小說標題的名稱。

在巴橋目送札幌美女
離開的水丸
大橫川邊
春天時
櫻花很美

這是稍久之前的事了，富岡八幡宮後方（其實我也不確定是不是這麼說）冬木町的公寓裡，有位叫做小長谷波江的女性住在那。小學時代，我因為小兒氣喘的關係曾搬到南房總千倉住，她是我四年級時的級任老師。身為在千倉少見的銀行員女兒，她總是穿著白色罩衫和黑色窄裙來學校。或許因為那體弱多病又顯得神經質的外型，這個漁港小鎮的家長們對她的評價並不高。

收到婚後搬到冬木居住的她的來信，是我高一那年夏天即將結束時的事。深秋的某個星期日，我在轉乘都營電車後，來到她的公寓拜訪。

「他小學時是我的學生。」

她語帶顧慮地向在製藥公司上班的丈夫如此介紹我。他不感興趣地點了兩三下頭，就叼著香菸外出了。

她說很喜歡冬木町這個地名。那是我第一次來到這個街區。

她削柿子給我吃。用小刀尖端插進柿子的蒂頭，再一口氣轉動刀尖挑掉。彎成「く」字型的纖細手指很漂亮。

我一邊沿著清澄通朝佃的方向走去，一邊憶起當時那柿子的香甜滋味。

看到相生橋了。過橋後向左走，會來到舊東京高等商船學校（現在的東京海洋大學）。站在橋上回頭看，可以看見過去的練習船「明治丸」（現在已經成為重要古蹟了）。真是令人懷念的風景。

如前所述，我少年時期幾乎在南房總的千倉度過。當時的我最期待的，便是寒假與春假時回東京的家，和姊姊們一起看電影或玩耍。

我家經營建築設計公司，木工安田先生是家中常客。他住在佃島，一知道我來東京就會馬上跑來，經常帶我去他家玩。安田夫妻沒有孩子，或許也因為這樣，所以非常疼愛我。

安田先生家是至今在這個街區仍可看見的典型長屋，和鄰家之間相隔不到三十公分。兩層樓建築的房子，二樓住的是其他家人。

我總是和下班回家的安田先生一起去附近的澡堂。對原本從沒去過澡堂的我來說，那是個不可思議的地方。看在女人堆中長大的我眼中，男人的裸體有時甚至可說是巴洛克藝術。

出了澡堂，安田先生會走到月島的西仲通，在居酒屋裡喝上一杯。此時我則在一旁看他在勇林堂書店（現在還在同一個地點經營）[3]買給我的少年雜誌。於《冒險王》雜誌連載的岡友彥作品《白虎假面》單行本，我還一直珍藏至今。

3　二〇一一年結束營業。（原註）

有時，安田先生也會帶我去當時西仲通上的電影院（月島東映）。我還記得在那裡屏氣凝神地看由波島進飾演明智小五郎的《少年偵探團》系列電影《夜光魔人》的事。

還有一次，安田先生的太太帶我去了同在西仲通上的月島松竹電影院。當時上映的是由搭檔主演《請問芳名》的佐田啟二和岸惠子合演的《和你一起》這部電影。那部電影愛恨交織，相當地灑狗血，我第一次在電影院裡待得這麼痛苦。不過，電影裡有一幕雪崩的場景，至今仍鮮明地殘留在記憶中。

安田先生出門工作時，太太會在家從事製書的家庭代工。那時我就會跑到附近的相生橋，在橋上對著當時中之島公園裡商船學校的練習船「明治丸」寫生。

好久不曾像這樣站在相生橋上眺望明治丸了，我在心中思念起如今已成故人的安田先生與太太。

從相生橋上遠望永代橋時，腦中忽然想起田中賀

在永代通上的居酒屋，
沒有看到美女（這裡是富岡）

子。會認識她也是因為安田先生的關係。我高三時已經回到東京的家了，比我大五歲的她是月島某木材行的女兒，也是個畫家。當時我以考上美術大學為目標，經常和她聊畫畫的事，聊著聊著時間就過了。她是個不輸新珠三千代的美女，可是有次我造訪她的畫室，卻被那凌亂的程度給嚇傻了。牆上和地板都被油彩弄得髒兮兮，椅子上還散放著脫下來的內衣。

從相生橋上可以看到舊東京高等商船學校的練習船

「很可怕的房間吧？」

她這麼說，我只好笑著打馬虎眼回應。

某個晚上，我在安田家時她來了。那時，附近傳來驚人的消防車警示聲，我們兩人便一起往相生橋的方向奔去。

正如俗話說「火災跟吵架是江戶的特色」，橋上已經擠滿看熱鬧的人。永代橋那邊冒出火光，我們朝永代橋的方向凝望了好久。

漫長的時光流逝，現在的我完全沒有她的音訊。為了寫這篇文章信步走到她家附近，過去的木材行也變成了公寓。她雖然是個美女，說到有沒有畫畫的才能，我還是不得不表示懷疑。不是一件容易的事啊。

走到相生橋頭，正當我哼起舊東京高等商船學校宿舍的舍歌〈白菊之歌〉時，手機響起來。我約了這篇文章的責任編輯今井碰面，他正在等紅綠燈，我便沿著人行道朝他那邊走去。

舊東京高等商船學校的舍歌與一高及三高不同，帶點大人的味道。

眺望的天空
啊啊　父母如今安在
我的戀人啊　如今可好
少年左手上　拿的是什麼（第三段）

節奏也很好，是我喜歡的歌。

和今井一起走在佃的巷弄裡，看到有些人家門前還留有從前水井的幫浦。佃小橋附近的情調很不錯。河上有幾艘釣船連結在一起，長椅上兩個老人正在閒聊，還有人在河邊垂釣，不知道能釣到什麼。

「總覺得這裡好有江戶情調喔。」

站在佃小橋上往住吉神社方向看的今井這麼說。我完全同意。

穿過住吉神社後，出來就是過去佃島的渡船場遺址。住吉神社供奉的是從佃島到月島一帶的氏神。形式上相當於大阪住吉區住吉神社的分社，創立於正保年間（現在的社殿是明治三年重建的）。由於戰爭時這一帶沒有受到戰火波及，雖然為數不多，但仍保留了一些古老民房。

一提到佃島，最有名雖然是佃煮[4]，其實這裡也是古來聞名的填海擴增地。三代將軍家光當家的時代，石川氏奉領這塊地，於是這裡被稱為石川島。寬政二年（一七九〇

4 用醬油和糖熬煮的日式家庭料理。

從佃小橋上朝住吉神社望過去的風景
佃煮是這塊土地上的一大發明
從前佃的渡船場就在這附近
つくだに
丸久

年）成為人足寄場[5]，也是無家可歸的人或輕罪人從事勞動工作的地方。日後變更為工廠用地，設立了石川島造船所，也就是現在的ＩＨＩ（石川島播磨重工業）。

佃大橋完成後，佃島上的渡船場就消失了，如今這裡的行政名稱連「島」字也已取消，只留下一個「佃」字。據說最早在這一區定居的是從攝津（大阪）西城郡佃村遷移而來的三十多個漁夫。他們得到近海漁業權，向幕府進貢捕獲的白魚等等，成為幕府的御用漁師。出於緬懷故鄉之情，在正保元年（一六四四年）時，將此地取名為佃島。不管怎麼說，這裡的大發明仍然莫過於佃煮吧。不過，現在只剩下三間佃煮店了。

看到佃島渡船場遺址的石碑後，我朝月島的西仲通走去。離月島愈近，飄散在空氣中的「文字燒」香氣就愈是清楚。

走在西仲通上，到處都能看見寫著「文字燒」的招牌。真的有那麼好吃嗎？我一邊走一邊這麼跟今井說。不管怎麼樣，那都不是兩個男人會一起去吃的食物。

月島最初的名稱似乎是叫做築島。做為築港計劃的一環，於明治中期開始在隅田川填海擴地。明治二十五年（一八九二年）時完成了第一號地。因為附近已經有築地的關

5　為結束服刑的輕罪人設置的更生與安置設施。

係，才改成同音的月島。

填海擴地工程完成後，以月島通為中心，分別取了西仲通、西河岸通、東仲通與東河岸通的町名，統稱為月島則是昭和四十年（一九六五年）的事了。順便一提，我在這一年大學畢業成為社會人，前一年則舉行了東京奧運。

西仲通上聚集了許多為了吃「文字燒」而來的年輕人與年輕情侶。一定是因為文字燒店太多了，遲遲無法決定選哪一家才好。沒看到稱得上美女的身影，我只能說是因為「文字燒」和美女實在太不搭了吧。

我邀今井去一間來月島時常去的小料理店「味泉」。店內空間雖然狹窄，姑且不論菜色如何，店裡常備的日本酒種類都稱得上是絕品。齊全的程度足以令人驚嘆原來世界上竟然有這麼美妙的日本酒。當然也有我在這世界上最喜歡的酒，產自新潟縣村上市的「〆張鶴」。

第一杯先來個生啤酒，接著才開始喝日本酒，最幸福的時光就此揭開序幕，心情莫名其妙地雀躍。這附近果然是應該不時來走走的地區。

令人不經意聯想起
昔日都營電車的派出所
後面有電影院
年輕女性們
喜歡吃
「文字燒」
國王唱片出的《宿舍歌》專輯，
裡面就收錄了〈白菊之歌〉
（封面是櫻花的照片）

浸淫於吉祥寺

大學畢業後，進入當時位於築地的廣告公司工作。那是昭和四十年（一九六五年）的事了，那年秋天我結了婚，還記得隔年二月在井之頭五丁目買了屬於自己的小房子。搬家前幾天我們去看才剛完工的家（新蓋的房子），是個下著大雪的日子。雖說是因為嚮往武藏野那片雜木林風景才決定從赤坂搬過去的，對於從小住在東京的我來說，這還是第一次住在山手線之外的地方（買下井之頭這棟房子的過程發生了很多事，因為話說實在太長，在此就先省略）。

住在井之頭的那些年，我經常在井之頭公園或玉川上水散步，吃飯喝酒則最常去吉祥寺。當時吉祥寺車站還沒有蓋成高架線，在中央線與井之頭通的交叉點有個平交道。另外，吉祥寺這一帶也有很多電影院，大部分想看的電影都能在這裡看到。舊書店也很多，對我來說是一大樂趣。對了，我家在井之頭五丁目，去年過世的作家吉村昭先生家

也在這裡，我還在公園裡遇過他好幾次。

前言說得太多了，總之，這次美女散步的地點，就決定是充滿我各種回憶的吉祥寺周邊。

武藏野市和三鷹市都是很受歡迎的地區，想住在這一帶的人也很多。尤其是吉祥寺，也不乏已經在這裡住很久的人。以美式風格來說，最近常見的則是年輕嬉皮族或年輕夫婦。此外，因為附近有東京女子大學和成蹊大學的關係，這一帶的學生也很多，他們似乎不說「吉祥寺」而是喜歡暱稱此地為「祥寺」。我總覺得這稱呼滿討厭的，所以不大能接受。車站前以SUNROAD商店街為中心，周邊分別有東急、伊勢丹、巴而可等百貨，以及據說總數超過兩百家的咖啡店、洋式酒吧、日式小酒吧、居酒屋、小型演唱會場……等等。走在清新時尚路線的巷弄之間，隨處可見年輕情侶漫步其中。

這樣的吉祥寺，其實直到昭和三年（一九二八年）左右真的只是個偏村。吉祥寺村的發展始於明曆三年（一六五七年）的振袖大火[1]，原本位於本鄉元町（現在的水道橋北側附近）的吉祥寺（據說八百屋阿七暗戀的吉三郎就曾住在這裡）燒掉了，門前町的居民

1 又稱明曆大火，是日本史上僅次於東京大空襲與關東大地震的嚴重災禍。

為了開墾新土地移居此地。直到現在，吉祥寺本町的道路還是比較偏向棋盤格狀，似乎正是因為當初沿著五日市街道拓展長方形建地或耕地的緣故。這天的秋老虎很凶猛，我從澀谷搭上井之頭線，在井之頭公園站下車。這是我年輕時幾乎每天都要搭的電車路線，光是這樣就令我沉浸在懷念的情緒之中。

從井之頭公園內的井之頭池南側走過，渡過七井橋。男女老幼坐在池邊長椅上享受午後的片刻時光。樹影隨風搖曳。

我沒去有串燒店「伊勢屋總本店・公園店」的七井橋通，而是走在池子的北側，看了在吉祥寺住過二十幾年的野口雨情的歌碑後，沿著斜坡道走向吉祥寺通。以前這條斜

坡道左邊有間叫做「摩卡」的美味咖啡店，睽違已久地從這裡走過才發現已經停業了。

順便一提，井之頭池是神田上水（神田川）的源頭，最後又注入隅田川。另外，公園南側也有玉川上水流過，可以說整個井之頭公園都被豐沛的水源環繞著。

一邊在公園內散步，一邊想起好久好久以前讀過的大岡昇平作品《武藏野夫人》。一般認為這本小說是大岡昇平的初期代表作，不過內容很奇妙的是個麻煩的不倫戀。有興趣的話，滿推薦一讀。

現在似乎流行那種教人難為情的戀愛小說，像我這種人每次讀了那一類的小說，總會情不自禁地想「少騙人了啦」，對戀愛至上主義就是無法抱持樂觀想法。這樣的我，其實年輕時（話雖如此當時也已經三十歲了），曾與住在吉祥寺的人妻有過不倫關係。她是日本代表性音樂家的孫女，父親也是有名的交響樂團指揮。她在吉祥寺的娘家，院子裡種了結實纍纍的柚子樹。在音樂大學攻讀鋼琴的她，當時與在商社工作的丈夫一起住在娘家附近的公寓，一個月裡有幾天回娘家教小孩子們鋼琴。我們每次見面都會在井之頭公園散步，然後前往御殿山一丁目現在所謂的愛情賓館。在吉祥寺出生長大，比我大兩歲的她，是個皮膚白皙的美女，頭髮的顏色正是俗話說的「濡濕的烏鴉羽毛色」。

說是愛情賓館，這間旅館機關還不少。床鋪上方的天花板垂著細繩，用手一拉天花板就會打開，露出裡面的鏡子。其他的事就請各位自由想像吧。

充滿年輕情侶的井之頭公園

野口雨情的歌碑
啼叫
喧鬧
日暮時分
可不會成為
飛向蘆葦的
葦雀
雨情
歷史悠久的旅館
「和歌水」
休息三千三百日圓起跳
有不少中年情侶上門

因為這樣那樣的，我先入為主地認為吉祥寺一定有很多美女。走在路上的女性（男性其實也一樣）都散發著某種高雅的氣質，可是卻不會故作姿態。就這個意義來說，吉祥寺或許擁有東京罕見的氛圍。

從中央線的高架橋下穿過，沿著吉祥寺通往北走。到了中道通向左轉，在「coeur de coeur」買了雪花球。只要造訪吉祥寺，我就一定會去逛逛這間店，這是一間雜貨店，店裡賣的是老闆從法國或英國、德國等地採購回來的獨特雜貨，逛起來很有樂趣。雖然不是已經

有著美麗藍色店面的
販售許多可愛小東西，
美女客人也不少

情不自禁買下的
巴黎雪花球

一把年紀的我該去的地方，其實我很喜歡這種店。這裡有賣以英國康瓦爾郡獨特設計而聞名的「Cornish Blue」各式餐具和咖啡杯。這種藍色的橫條紋設計非常美麗。

騎著自行車的美女們快速穿過中道通。離開「coeur de coeur」後，我朝三鷹方向繼續走，在遇到第一條岔路時左轉，來到作家山口瞳先生經常去的酒吧「燁」。我雖然不曾和山口瞳先生一起去過，倒是和他的兒子正介一起在這裡喝過好幾次。這裡有絕品好酒，以吉祥寺的酒吧來說，散發少見的成熟風情。

靜靜隱身於公寓一角的酒吧「燁」，讀音是「AKI」

從中道通走向昭和通，因為我還沒吃午餐，所以半路上去了「豆藏」吃豬排咖哩飯。這裡也是我來吉祥寺時常造訪的店，老闆是繪本作家南椌椌先生。吉祥寺有很多好吃的咖哩店，我推薦的是「傀儡草」、「武藏野文庫」和「Oh!INDIA」[2]。

走到大正通，右轉就是位於「東急百貨店」背面的「星巴克」，露天咖啡座上有很多年輕人正在喝咖啡。朝情侶們放眼望去，意外地發現有些俊男身邊帶的是長相差強人意的女人，有些令人暗忖「這種傢伙竟然可以！」的男人身邊卻有美女陪伴。這個世界真是令人搞不懂，不過，就算深入研究這件事並寫成一本書，大概也無法獲得大宅壯一獎[3]吧，我朋友這麼說。

沿著大正通往西北邊走，在現在的「mono gallery」附近（沒記錯的話應該是這一帶），以前某棟大樓的二樓裡有一間叫做「瓜藍堂」[4]的小型演唱會場（或許應該說是喝酒的地方會更正確一點）。我經常去哪裡，常客中有GARO系的另類漫畫家、中央線系的音樂人等等，總而言之就是一群沒錢的傢伙聚集的地方。前面提到「GARO系的另類漫畫家」，以刊載白土三平、柘植義春等人作品聞名的漫畫雜誌《GARO》的總編輯長井勝一就常帶著年輕女孩來這裡喝酒。我在這裡熟識的畫家高以良基是一位美男子畫家，很受女性歡迎，不過在九州長大的他其實也是個擁有段數的空手道高手。有一次和高以良在吉祥寺東町的酒吧喝酒時，我向坐在吧檯隔壁位子的美女搭訕，她也很親切地回應，和我們愉快地聊了起來。沒想到途中看似流氓的男人進入店內來找碴，差點演變

2 已於二〇一三年歇業。

3 紀念大宅壯一日本非小說獎，由日本文學振興會主辦。

4 日文為「ぐわらん堂」，靈感來自日文中表示空無一物之意的「がらんどう（伽藍堂）」。

成打群架。素有任俠之氣的高以良鬥志十足，我則是一把抓起掛在椅子上的背包就往樓梯上衝。

「那個流氓好像正在保釋期間，要是在這裡闖禍，事情就一發不可收拾了，所以媽媽桑要我們看在這個的份上算了。」

我在外面等時，高以良拿著一萬圓鈔票走了出來。我們用那些錢又去便宜的酒吧續了好幾攤。對了，原來那個坐在我們隔壁的女人似乎是流氓的女人，從那次之後，我搭訕時都會特別小心。

高以良基在不到五十歲時死於肺癌。我當然很喜歡他的畫（他曾得過林武獎），但是不管怎麼說，他的男子氣慨還是最棒的，他也是第一個讓我有藝術家感覺的人。繼續沿著五日市街道往前走，在武藏野八幡宮那邊右轉，舊書店「藤井書店」映入眼簾。看到這家店努力經營到現在，真的教人很開心。除了這裡之外，吉祥寺依然健在的舊書店還有SUNROAD商店街的「外口書店」和「榮書房」，由此可見這一帶的文化水準之高。

一走進SUNROAD商店街，右手邊立刻就能看到電影院。這裡以前原本是「吉祥寺武藏野館」，當時放映的都是些不太正經的外國電影，我還專程從赤坂來看了好幾次。

在播放爵士音樂的酒吧「SOMETIME」前面，兩位年輕女性跑來跟我說話。兩人都是相當難得的美女，其中一人穿牛仔褲配T恤，另一人則是T恤配熱褲，修長的美腿沒有穿襪子，閃亮得令人目眩。兩人都是東京女子大學的學生，說是和幾個夥伴正在學插畫，希望我能看一下她們的畫，令我不知所措。

「都已經進了東京女子大學，何必學什麼插畫呢，最好不要有這種想法。」

我這麼開導兩人，她們卻露出不服氣的表情，還進一步逼問是不是可以打電話給我。我只丟下「隨便妳們」就和她們分開了，腦中留下的印象只有其中一人裸露的腿和另一個人嘴唇旁邊的黑痣。

爵士音樂酒吧「SOMETIME」始於一九七五年，不過一九六〇年代我在吉祥寺混時，經常去的

爵士酒吧是口琴橫丁附近的「FUNKY」。印象中好像聽過那間店的老闆在就讀慶應大學時吹過薩克斯風，名字叫做野口。告訴我這件事的是跟我同時期進入廣告公司工作的同事S君。他也是慶應大學畢業的，認識那位野口先生。意思是說，野口先生和我同年。現在「FUNKY」已經搬到巴而可後面了（曾聽說野口先生已經過世，不過我沒確認過消息是否為真）。

在走進口琴橫丁前，我先去「小笹」買了最中餅。母親最喜歡吃這裡的最中餅，每次來吉祥寺我都會買給她當禮物。專賣松坂牛的「佐藤」門口，為了炸肉餅而來的人們大排長龍。我還沒吃過這間店賣的肉，不過，既然連挑嘴的吉祥寺民都願意為它排隊，肯定是很美味的吧。

走進口琴橫丁，裡面密密麻麻地開滿小酒館、魚店、漬物店、味噌專賣店等等小店。以前還有專賣馬口鐵玩具的店鋪，畢竟現在找不到了。在這條橫丁裡的一間小居酒屋吧檯邊，我和那位現在已成傳說中音樂人的高田渡喝過好幾次酒（坐在吧檯喝酒時，他正好坐在旁邊，於是就一起喝了起來）。和他成為能聊天的朋友，起因是他在荻窪某喫茶店舉行的小型演唱會，在演唱會只剩一首歌就要結束時，我剛好走進那家店。

「不好意思，還有一首歌就結束了，沒關係嗎？」

「啊，沒有關係。」

「您真是個怪人呢。」

場內眾人笑了起來，這件事讓我和他成為朋友。

我從SUNROAD商店街的月窗寺前走過。

穿出SUNROAD商店街後，跨過五日市街道，走到女子大通（東京女子大學）上，有個四軒寺十字路口。四軒寺指的好像是聚集在這附近的四間寺院：光專寺、蓮乘寺、月窗寺和安養寺。如今寺院成了大地主，吉祥寺車站周邊鬧區的土地幾乎都屬於這些寺院。

吉祥寺真的是個很有趣的地方。這次因為責任編輯今井工作繁忙的關係，我一個人走完了全程。今井，下次請務必到吉祥寺散散步喔。

吉祥寺是一個充滿各種樂趣的地方，令人流連忘返。

從御茶水往神田神保町

我很喜歡從御茶水橋上往聖橋的方向看。站在御茶水橋中央可清楚看見聖橋的橋拱倒映在神田川水面上，那幅景象非常美。每隔幾分鐘，地下鐵丸之內線的電車就會與拱橋交錯駛過。當我還是高中生時，地下鐵丸之內線的電車是酒紅色的。

我在這附近的回憶特別多。升上高三後，我為了報考美術大學，直到應考前都在位於御茶水的某間素描研究所補習。我的高中在護國寺，先從那裡走到地下鐵丸之內線的新大塚車站，再搭車到御茶水站下車，是這樣的路線。過了御茶水橋就是御茶水派出所，我補習的那間素描研究所，就在沿現在的「楓通」往ＪＲ線水道橋車站方向走兩百公尺左右的地方。

研究所上課時間從下午六點開始，每次都得等上兩個小時才能開始上課。這段時間我不是坐在長椅上看書，就是去偷看研究所內油畫課程上課的教室。看到裸體素描時總是會心跳加速。晚餐就吃在福利社買的麵包和牛奶。

這次的美女散步，就決定為從御茶水到神田神保町之間這段令我想起這段回憶的路線。

這天天氣非常晴朗。我和高中時一樣，搭地下鐵丸之內線，在御茶水站下車，走過御茶水橋。走到橋中央，我停下腳步，朝聖橋的方向望去。聖橋後方雖然已蓋了整排的高樓大廈，倒映在神田川水面上的橋拱依然不變。丸之內線的電車現在改成了銀色。從御茶水橋上往左手邊看，可以看見東京醫科齒科大學。

我不經意地想起漫畫家手塚治虫先生。那是發生在我剛開始接插畫工作不久時的事。某天，一位自稱東京醫科齒科大學的年輕學生來找我，說是想拜託我幫忙畫園遊會的海報。雖然酬勞不多，因為對方還是學生，我也欣然接受了。

畫在海報上的御茶水博士

純喫茶「米羅」依然健在 真令人欣慰（地點是御茶水）

就在思考要畫什麼時，我從御茶水聯想到出現在「原子小金剛」中的「御茶水博士」，心想不妨畫這個吧。為了獲得許可，我戰戰兢兢地打電話給手塚治虫先生，向接電話的女性說明前因後果。對方請我稍等，過了一會兒之後，耳邊的話筒那端換成了男人的聲音，竟然是手塚治虫先生本人。

「安西水丸先生，我很喜歡你的畫喔，請加油。」

手塚治虫先生對才剛出道的我這麼說。我從小就讀手塚治虫先生的漫畫長大，這句話帶給我多麼大的喜悅，至今無法忘記。附帶一提，我特別喜歡的手塚作品是《地球惡魔》（最早問世時的原名為《地球1954》，後來才改名）以及《毀滅世界的男人》兩部作品。

走到御茶水派出所往右轉，進入「楓通」。派出所旁有一塊由來碑，上面記載德川將軍使用此地湧泉泡茶的御茶水地名由來。

路上有很多看似學生的年輕人。我曾經補習的那間素描研究所已經成了一棟體面的大樓，附近還有東京設計師學院，或許因為這個緣故，也有不少看似美大生[1]的情侶走過。和他們擦身而過時，我忍不住低聲自言自語地說，瞧你們現在愜意的，美術這條路可是很難走的唷。

走在「楓通」上，右手邊有JR中央線與總武線的電車奔馳而過。往下面看，神田川正靜靜流過，水面平靜無波。

我補習的素描研究所正式名稱是「御茶水美術學院」，通稱「御茶美」，許多藝術家、平面設計師、插畫家都是這裡培育出來的。

去「御茶美」最令我興奮雀躍的是，那裡有很多來自各高中的女生，也有一邊上班

1 為美術大學的縮詞。

一邊不放棄進入美大夢想的女性在那裡上課。我從小在女人堆裡長大，被女性圍繞時總覺得心情平靜。儘管如此，因為高中上的是男校，有女孩子在的素描教室對我來說還是很新鮮。

山內廣子（假名）是我進入「御茶美」一星期後認識的女生。她有一頭黑色長髮，苗條的身材很適合穿黑色套頭毛衣。當時流行尚・保羅・沙特（Jean-Paul Sartre）的存在主義，她也受到這股風潮影響。崇尚存在主義的人不知為何總是鍾愛黑色。我則是穿著立領學生制服坐在畫架前。

有志進入美大的女性容貌可完全區分成兩種（其實我覺得不管什麼事都是這樣啦）。漂亮的就真的很漂亮，相反也可能糟

糕得超出想像。就這點來說，山內廣子屬於漂亮的那一種。她是市川某女子大學附屬高中的三年級學生，家住總武線上的新小岩。家裡經營玩具製作工廠，舉手投足看得出頗有家教。

我和她的關係自然而然地進展，卻在學校放完暑假一星期左右時，因為杉尾妙子（假名）的出現而蒙上一層陰霾。

那天舉行素描的講評會，我站在大家後面聽講師講評，忽然有人從背後拉了拉我的制服。回頭一看，一個戴眼鏡的高中女生正在對我微笑，遞出手中還沒熟透的蘋果。

「要吃嗎？」

我內心哼了一聲，還是從她手中接過蘋果。馬尾髮型非常適合她，真是傷腦筋。說是這麼說啦，心裡其實覺得她怎麼這麼可愛。

和她的故事說來話長，就先說到這邊吧。杉尾妙子在四十幾歲時死於乳癌。最後一次見到她，是我在銀座開畫展時的事。

一邊想著這些往事，在語言學校「Athénée Français」那個髮夾彎轉角往左轉，就這麼直接沿皀角坂的斜坡路往下，走到ＪＲ線水道橋站。據說江戶初期，與柳生家齊名的小野治郎右衛門的道場就在這條斜坡路上。在吉川英治的《宮本武藏》中也描寫了佐佐木小次郎走這條斜坡路去踢館的情形。

我走在「橡木之通」上。從男坂下去就會接上猿樂通。對了，如果不下男坂直接往前走的話，從錦華坂下去就會看到作家們最嚮往在裡面「閉關」的「山上飯店」。長久以來，「閉關」一直是一種提高作家執筆效率的習慣，我卻總是覺得聽起來好寒酸[2]（哎呀我又說了不該說的話）。

男坂是明治高等學校與中學校的校舍及操場旁一條急陡的斜坡石階。男坂前方約一百五十公尺處，中間有一段平台的石階則稱為女坂。這兩

個斜坡道上有著我與前面提到的杉尾妙子滿滿的回憶。

從猿樂通走向路旁開了許多舊書店的靖國通，或許是離大學很近的緣故，路上有不少看似大學生的年輕人，也有貌似女大學生，令我情不自禁食指大動的美女。我一直以為會逛舊書店街的都是那種散發莫名文學氣息，眉頭深鎖的鄉下女孩，沒想到「神保町真是不容小覷」。

時間已過中午，我便去了一直想去的「衣索比亞」吃雞肉咖哩飯。聽說不管要點幾倍辣度都可以，於是我試著點了五倍辣，結果沒有想像中的辣。下次我打算點八倍辣。

在三省堂書店裡盯著堆成一座小山的村上春樹新書時，兩個年輕女生跑來向我搭話。做時下流行打扮（梳包頭，穿長靴）的她們兩人都是還過得去的美女，說是我的粉絲，希望我可以給她們簽名。結果，她們兩人從袋子裡拿出的卻是村上春樹的新書。

「這是村上先生的書吧。」

我忍不住這麼脫口而出，雖然我經常遇到這種事。

「請在上面畫村上春樹先生的臉，不好意思，做這種強人所難的要求。」

2　這裡的「閉關」在日語中的說法是「罐頭」的意思，意指作家如塞在罐頭中一樣在飯店裡閉關寫作。

妳自己都知道強人所難，還不是說出口了。雖然我這麼想，可是簽名筆已經從背包裡拿了出來，只好幫她們畫上村上春樹的肖像（擺著高高的架子）。

「我們其實是水丸先生您的學妹喔。」

那兩個女生說她們是日大法學部的學生。我確實也是日大

Athénée Français
上了一整年課的「御茶美」在這裡學到的不只是素描
在三省堂向我搭訕的日大生
我畫的村上春樹肖像
從Athénée Français走出來的女人
其實我也去Athénée Français上過一陣子法語課，可是跟不上那種聽起來像是不用水漱口的發音，很快就打退堂鼓了（阿門）

畢業的，可是藝術學部和其他學部不一樣，從一年級開始就在西武池袋線上的江古田校區上課，和日大其他學部幾乎沒什麼接觸。因為實在對日大太沒感覺，有一次我的朋友說：「水丸也是『本大』（將日本大學略稱為『本大』的人還不少）畢業的吧？」我還愣了一下才說：「啊，對耶。」（說起來只是可有可無的小事啦。）

既然提到三省堂就順便寫一下，我高中時，三省堂用來包書的包裝紙圖案是東京都內幾乎所有高中的校徽。我很喜歡那個設計，直到現在依然認識許多學校的校徽，可以說都是託當時那款包裝紙的福。不過話說回來，就算精通校徽也無法在什麼地方派上用場就是了。

再多閒聊一件事，我赤坂老家附近有一戶叫「龜井」的人家，據說就是三省堂社長（不知道是第幾任）的家。我和那家人幾乎沒有接觸，可是我家的兩個外甥和龜井家的孩子同年，有時候好像會玩在一起。

有點累了，我信步走進「SABOR」喝咖啡。這間店聽說是昭和三十年（一九五五年）四月創立的，那年我剛上中學。在神田神保町除了這間「SABOR」之外，還有

「LADRIO」和「Milonga」也是很受舊書愛好者歡迎的喫茶咖啡店。「LADRIO」創立於昭和二十四年（一九四九年），「Milonga」（現在已經改名為「Milonga Nueva」）創立於昭和二十八年（一九五三年）。聽說這兩間店是姊妹店。「Milonga」是探戈喫茶店，特別受老顧客喜愛。店裡最自豪的是美國ALTEC公司製造的大型揚聲器，從中流洩而出的舊時代探戈旋律和咖啡形成難以言喻的絕配。

在「SABOR」喝咖啡，想起高中時代來神保町時經常會去的電影院。在「Luncheon啤酒屋」旁邊的「神田日活館」（現在的瀧井大樓）看過的電影中，最難忘的是吉行淳之介原著，中平

我在「SABOR」喝咖啡

以探戈音樂為特色的「Milonga」

康導演的《砂上的植物群》以及三島由紀夫原著，藏原惟繕導演的《愛的渴望》。前者的內容有點難理解，後者倒是勉強能集中注意力看懂。個人認為，扮演年輕未亡人的淺丘琉璃子當時正值美貌的全盛期。劇中扮演悅子（淺丘琉璃子飾）的公公，與她深深糾纏不清的中村伸郎則是比誰都帥氣。向來崇拜年長者的我，一直嚮往成為那樣的老人。

另一間常去的電影院是神田東洋劇院。在這裡看的電影中印象最深刻的是西席．地密爾（Cecil B. DeMille）[3]導演的《十誡》（*The Ten Commandments*）。海水分開那一幕，我從頭到尾都看得緊張不已。

這間電影院歇業後，建築物本身還在現在的「櫻通」上保留了好一段時間。每次從前面經過，我都會想起「十誡」。連建築物本身都消失，已經是一九九二年的事了。那棟有著拱頂與圓窗奇妙造型的建築物真令人懷念。

一邊探訪舊書店，一邊走過靖國通和附近的小巷弄。陳列著可疑書籍的文省堂從以前的地址搬到附近不遠處。在這裡可以買到堪稱色情雜誌始祖的《奇譚俱樂部》[4]，三島由紀夫愛讀的《家畜人鴉俘》與團鬼六的《花與蛇》都從這本雜誌誕生。

3　金球獎終身成就獎，便是以他的名字命名。

4　一九四八年創刊，初期以獵奇、奇談為主的情色內容，一九五二年改版轉變以SM等內容為主題，一九七五年創刊人過世後雜誌亦停刊。

踏進販售許多絕版漫畫的翠光堂書店。這是我第一次造訪此地，環顧店內時，小時候借人後一去不回的那些漫畫浮現腦海，內心滿是不甘。包括鹽田英二郎的《愛做夢的夢子小姐》、馬場登的《山裡來的河童》還有《郵筒君》等等，還有其他很多，想起來就難過，還是別想了。直到現在我仍很不喜歡向人借書或借別人書，或許是當時留下的心理創傷使然吧。雖然有人說我太愛計較，我可是把那個借書不還的朋友名字記得清清楚楚。

從御茶水到神田神保町的散步實在很開心。據說神保町的町名來自獲賜此地的幕臣，神保長治。

我慢慢等待夜晚來臨。

東洋劇院的建築物本身
於一九九二年消失，
這張畫正是在它消失那年畫的

2008年

人妻美女的街道，自由之丘

我很怕名字裡有「丘」這個字的地名或校名。要是自己住在有這種名字的地方，被人家問起「你住在哪裡」時，一定會感到困擾。明明沒有任何值得困擾的地方，我就是會覺得有點難為情。

「您住在哪裡呢？」

「由由之丘。」

能像這樣回答的人，可以說是已經脫掉一層羞恥外殼（或許是兩層也說不定）的人吧。話說，好像很多明星藝人住在自由之丘（相反側則住了很多酒店小姐），我想那種能在人前做什麼的能力，和「大大方方宣布自己住在地名有丘字的地方」的能力，一定有某種共通之處（抱歉我多管閒事了）。順便再多說幾句，我這人不喜歡和同行混在一起，可是明星藝人們（作家們意外地似乎也是如此）多半喜歡和同行聚集在同一個地方。如此一來，當然很容易被八卦雜誌堵到，說不定狗仔根本就等在那裡呢。真是教人想不通。

對住在自由之丘的各位很抱歉，儘管我這麼寫，現在自己卻正漫步在自由之丘的街道上。不用說，目的自然是為了寫這本《東京美女散步》。

乘東急東橫線在自由之丘站下車，一出車站有個圓環，其中豎立著象徵這個地區的女神像《蒼空》。聽說當初的概念是模仿外國在廣場上豎立雕像的景觀設計，於是在昭和三十六年（一九六一年）時，這座雕像就此誕生。雕像的創作者是雕刻家澤田政廣先生。那是一個背上長了翅膀的女神像，可惜長相不是

我的菜。不管怎麼說，「像外國的廣場一樣」，這種想法倒是很有這個地區的風格。

街道的名稱也充滿了少女心（抱歉現在沒人這麼說了吧）。檜木通、鈴懸通、卡特蘭通、聖塔通、楓樹大道等等，族繁不及備載，先舉這些為例就好。至於我自己比較喜歡的大概是九品佛川綠道之類的吧。

儘管是這樣的自由之丘，漫步其中竟然意外有趣。有甜食店、時髦的雜貨店，也有還算能滿足我這張刁嘴的餐廳和許多主題明確的舊書店。走在自由之丘的街道上，心情自然就會變得喜孜孜。這個地區似乎住了不少雅痞（從事知性工作，經濟寬裕的年輕人）。一路上遇到幾個推嬰兒車出來的女性，她們看起來都很年輕，身材和品味也都很好。

走著走著，我忽然想起一件事。石坂洋次郎原著，石原裕次郎主演的電影《陽光下的斜坡》也是發生在自由之丘的故事。還有，武田繁太郎的《自由之丘夫人》這本小說，以現在的說法正可說是「自由之丘上流小說」。介紹自由之丘的導覽書所附的DVD中，也採訪了從以前就不斷拍攝自由之丘照片的石井力先生，根據他的說法，自由之丘是東京城南地區最繁榮的街區，至今仍存留許多歷史悠久的老店。此外，過去出入這一帶的上流階級女性幾乎都穿著披上羽織的和服，腳上穿的也不是草鞋而是木屐。石井先生拍的照片中就有不少這些女性的身影。

在進入自由之丘美女的話題前，讓我先介紹一下這個地區的沿革吧。

昭和三十三年六月　大井町線　自由之丘剪票口全景

昭和二年（一九二七年），擔任千葉師範附屬小說主事等職務的教育家手塚岸衛，在荏原郡碑衾町大字衾小字谷畑創立了自由之丘學園。這個學校採行自由教育，據說沒有聯絡簿也不用寫功課。當時這附近只有零星分布的農家，還是個只有蘿蔔田和荒煙蔓草的農村。這間學校後來成為自由之丘地名的由來，昭和二年東橫線開通，昭和四年將東橫線上的九品佛站改為自由之丘站（九品佛站則移往大井町線）。接著，昭和七年（一九三二年）目黑區成立，行政區域名稱改為目黑區自由之丘。「自由之丘」的「之」字原本是片假名，在昭和四十年（一九六五年）時改成了平假名，站名則在昭和四十一年時跟著修改。

據說站名變更的提案出自創立自由之丘學園的手塚岸衛及同樣參與學園創立的舞蹈家石井漠等住在此地的文化人。戰時（第二次世界大戰），政府對「自由」這個名詞施加不少壓力，都靠居民們的團結力量撐過來。果然是不容小覷的自由之丘啊。

昭和五十六年（一九八一年）出版，至今仍不斷再版的書籍《窗邊的小荳荳》中，也曾提及關於「巴氏學園」（自由之丘學園後來的名稱）的事。教室以六輛廢棄不用的電車改造，學生可以憑當天的心情自由決定自己要坐在哪個位置，每天的第一堂課是做任何自己想做的事，實在是非常美好的一所學校。相較之下，我就讀的小學一切都和巴氏學園完全相反。

我在自由之丘車站周邊散步。最開心的事是逛家具雜貨店，我對這種店的興趣大概是一般人的兩倍。

美女總會
聚集在時髦的餐廳

走得累了，我便走進自由之丘Sweet Forest大樓內的中式甜點店，吃了包著當季水果的果凍點心「九龍球」。嗜酒的我平常不怎麼吃甜食，對果凍類倒是情有獨鍾。這裡的杏仁豆腐看起來也很好吃。

在舊書店「東京書房」，我找到由美國的代表性插畫家梅頓・戈拉瑟（Milton Glaser）繪製封面的二手《*LIFE*》雜誌，高興得跳了起來。一本五百日圓。近年來有很多愚蠢的年輕人，嘴上說想成為插畫家，卻只知道幾個藝人畫家的名字，連梅頓・戈拉瑟都不認識，真是教人看不下去。

在卡特蘭通上的雜貨店裡，有個年輕女店員上前找我攀談。她說自己正在上平面設計專門學校，因為正在放寒假所以出來打工（請參照一〇三頁插畫），是個品味很好的美女。她拜託其他店員用手機拍了跟我的合照，還說「好像在做夢」。

被她這麼說，我也不知道該如何回應才好。

得到她的電子郵件信箱後我走出店外，總覺得愛上自由之丘這地方了。心情真好。要是被村上（春樹）先生聽到我這麼說，一定會搖頭嘆氣吧。算了，無所謂啦。

午餐時間過滿久了，肚子也餓了，我便走到自由之丘車站後側（和圓環相反邊的那一側）的湯咖哩店吃雞肉咖哩飯。這間店所在的街道名稱竟然叫做美麗佳人通[1]，我實在無法理解這種命

九品佛川綠道是條美女街

名品味啊。咖哩普普通通。

走著走著又繞回東京書房前，於是我走了進去。我這人只要一看到舊書店，就會忍不住踏進去。這一帶有選書眼光精準讀到的舊書店西村文生堂（聽說創業於六十年前）[2]，也有專賣二手繪本的茉莉菈書房。

以車站為中心繞著周邊散步時，我注意到這附近的美容沙龍。這些沙龍似乎以年輕女性，尤其是年輕太太為目標客群。走在這一帶可以看到不少將孩子放在娃娃車裡推著走的年輕太太。太太們的水準都很高，真不知道住在這裡的男人們到底用了什麼花言巧語，才能將這些美女娶回家。話說回來，看看娃娃車裡的孩子，長得可以說完全不像母親。如此一來，只能懷疑醜男們是用「住在自由之丘」當武器來追求女人了。

在 Karel Čapek
買的馬克杯
圖案很可愛

「我啊，住在自由之丘的公寓喔。」

「好棒喔。」

1 日文原名為「Marie Claire」的片假名。

2 創立於昭和二十三年（一九四八年）。

「附近有很不錯的甜點店喔，妳喜歡吃甜食嗎？」

隨便你們啦，反正會發生這種事也不難想像就是。年輕女人都無法抗拒自由之丘和甜點，不是嗎。

許多年輕女性在一棟外牆上畫著天使翩翩降臨壁畫的大樓進進出出。我仔細觀察了一會兒，發現那裡是算命館，隨時有兩名算命師駐店，任何煩惱都可以找他們商量。喜歡算命也是年輕女性的特徵。我真想告訴她們，別去那種地方了，我來幫妳們算看看吧，當然不收錢。

入夜了。我前往去過好幾次的壽司店邊喝酒邊吃壽司。這是一間常有藝人明星上門的店，但是壽司確實很美味。這個季節的鯖魚真是絕品。

後來，又去了有女公關陪酒的酒吧D。店裡有四位左右的年輕女性，因為時間還早所以沒什麼客人，害我有點不好意思。至於女公關們的美女度嘛……還算可以。約莫一小時後來了幾個客人，他們一開始唱卡拉OK我就離開了。

我又去了一直很好奇的愛爾蘭酒吧。店裡很多外國客人，只是每個人都一副像被祖國放逐的不成材模樣。日本女性偏偏最抵擋不了這種男人的攻勢。

黑啤酒喝一喝，忍不住想抽雪茄，於是徵求坐在隔壁的女性許可。

「請抽，我也喜歡雪茄。」

她說自己是東急東橫沿線某女子大學的學生（請參照一〇三頁插畫）。

LOBROS
車站附近的LOBROS裡
有很有趣的雜貨店
店員也可愛

「妳常來這裡嗎？」

「嗯，有時會來。」

她在學校裡專攻英語文學，或許和這點也有關係，為了學習英文所以常來這間酒吧。

「日本雖然比較少，紐約倒是很多愛爾蘭酒吧，從白天就開始營業了。」

「這樣啊，外國我只去過新加坡，所以不知道紐約的情況。我也想去冰島看看。」

拜雪茄之賜，我成功捕獲（？）一位年輕女性。能以「可以抽雪茄嗎？」這句話打開話匣子也不簡單吧。我愈來愈喜歡自由之丘了。

「嗨！」

這時，一個一看就像愛爾蘭人的壯漢過來一把抱住她。嗨什麼嗨啊，混蛋。我一邊這麼嘀咕，一邊走出店外。

原本心想今晚就此打道回府，可是既然都來到自由之丘車站，我忽然想起另外一間酒吧。從自由之丘車站沿東急東橫線的鐵路往北走，再由有自由之丘百貨的大道街往鈴懸通的方向走。走到第一個十字路口右轉，我想去的酒吧就在眼前這棟大樓的三樓。這是一間雪茄吧，在這裡就不用顧慮別人，可以盡情抽雪茄了。附帶一提，自由之丘百貨像火車一樣細長，一間間三坪左右大小的店鋪設在通路兩側，什麼店都有，也可說是很大眾化的地方。在裡面逛這些小店時，感覺就像走在電車通道上一樣，滿有意思的。

雪茄吧所在的那間大樓沒有電梯，得從狹窄的樓梯拾級而上。

「歡迎光臨。」

長的很像安迪・賈西亞（Andrés García）的酒保K桑笑著迎上前來。

「今天什麼風把您吹來自由之丘？」

「是這樣的，今天選擇這裡做為美女散步的地點，也算是來工作的啦。」

「真令人羨慕的工作呢。」

我點了琴蕾，還要了雪茄。K桑打開雪茄盒的蓋子，拿出一支*Cohiba*的*Siglo I*。雪茄盒的原文是「Humidors」，這種盒子有調節溫度的作用，藉以確保雪茄的狀態。這間雪茄吧的名字也來自雪茄盒。

「有遇到美女嗎？」

「是啊，還算可以。」

「覺得這一帶怎麼樣？」

「是屬於雅痞的城市吧。」

「不覺得這是個同時令人討厭得不得了，又覺得可愛到不行的地方嗎？」

酒吧的觀察眼有時真的很犀利。

*Cohiba*的*Siglo I*長約八十公釐，直徑約十四公釐，差不多喝完兩杯琴蕾就抽完一根。我走出酒吧。

「這裡美女很多，歡迎您經常來。」

我離開時，K桑這麼說。

自由之丘美女速寫
某女子大學學生
大崎直美 小姐（假名）
以成為平面設計師為目標的
田中由美 小姐（假名）
明明有其他事情可以做
打扮時髦的人很多呢

從西麻布到麻布十番

我明明在港區長大，卻意外地對港區很多地方並不熟悉。因為我家在赤坂，有時會散步到六本木附近，不過也就到此為止，不曾再踏進更深入的地方。高中時曾去住在笄町（現在的西麻布）的朋友公寓玩，看到附近竟然設有公用水井，要用水時還得從幫浦打水，讓我嚇一大跳。現在那一帶固然已是高貴地段，當時還是破公寓聚集的地區。我想起來了，現在的西麻布十字路口附近有個電影院，記憶中我去那裡看了好多次電影。

這次的美女散步地點，就決定從這樣的西麻布往麻布十番一帶走。

現在的西麻布由過去的霞町與笄町組成。站在西麻布十字路口，背對青山方向時，往左邊走就是六本木，往右邊走就是澀谷，直接往前走則會進入廣尾。

西麻布有很多小時髦的餐飲店，雖然並不是為了這原因，總之我經常到那裡去。賣鯛魚飯的「宴遊」、賣鰻魚飯的「一之屋」，還有營業到深夜，經常有明星藝人造訪

的「CHIANTI」都集中在這個區域。沿著外苑西通往廣尾的方向走，道路右手邊有紅酒吧、義大利餐廳、中餐廳等各種不同國籍特色的餐飲店。入夜之後，到處都能看見帶著年輕美女，一副IT暴發戶模樣的紳士。在酒吧裡喝酒時，坐在身邊的也經常都是這種

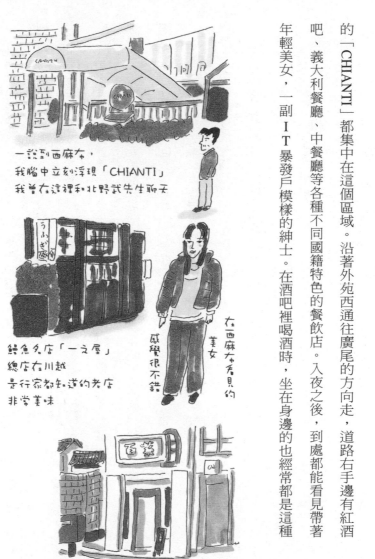

一說到西麻布，
我腦中立刻浮現「CHIANTI」
我曾在這裡和北野武先生聊天

鰻魚名店「一之屋」
總店在川越
是行家都知道的老店
非常美味
在西麻布看見的美女
感覺很不錯

百菜
就當被我騙一次，請務必進去吃吃看
這間「百菜」也是相當厲害的名店
（位於西麻布）

組合的情侶。

「朝京都出發的今川義元大軍在桶狹間稍作休息時，織田信長手下的千名騎兵對他們展開突襲。這時突然下起了大雷雨。信長在雨中吶喊，就是現在，衝吧！」

忘了是什麼時候的事了，在西麻布的酒吧裡，帶著兩名美女的ＩＴ暴發戶男人洋洋自得地這麼說。我不懂為什麼要在酒吧裡講起桶狹間之戰的事，那兩個美女卻聽得津津有味。我心想，哪天我也要帶兩個美女來，講川中島的事情給她們聽，可惜這個念頭至今尚未實現。話說回來，總覺得西麻布這個地方意外適合這幅光景。說來或許失禮，ＩＴ暴發戶和長得漂亮卻稍嫌輕浮的女人和這個地方特別相稱。不管怎麼說，這一帶確實很多配合時下流行、精心打扮的女性。

在SHOT酒吧裡喝一杯單一麥芽威士忌後，我決定朝麻布十番走去。

霞町是明治五年（一八七二年）時，由阿部家（幕府末期的武藏忍藩）下屋敷及伊予宇和島藩伊達家抱屋敷等武家之地合併而成，當時稱為麻布霞町。町名聽說來自鄰近的霞山稻荷。因為是我很喜歡的町名，現在消失不用，覺得真可惜。

笄町則是在明治二年（一八六九年）時，一樣由武家屋敷及澀谷長谷寺門前、澀谷掃除町、麻布裏三軒家町、麻布櫻田町飛地等地區合併而成，當時稱為麻布笄町。町名來自橫跨富士見坂下笄川的笄橋。順便說明一下，由於大正末期填平河川的緣故，笄橋也早就消失了。不過，如今西麻布十字路口往澀谷方向的斜坡道還留下「笄坂」的稱呼。

從西麻布走向麻布消防署所在地的朝日電視通。時間已過晚上七點，中國大使館前仍有十四、五個中年女性正在舉牌抗議，抗議牌上寫著「摻毒餃子必須道歉」。

走過正光院所在的那條路，往狸坂上走。附近的專稱寺是新選組的劍術指導也是一番隊隊長沖田總司的長眠處。據說從來沒有人能躲過俗稱「沖田三段突刺」的突刺劍技，沖田也被稱為天才劍士，劍術實力更甚近藤勇。然而這樣的他終究不敵病魔的侵襲，年僅二十四歲便死於肺結核。

沖田是個美男劍士，擁有很多女性粉絲，因此現在專稱寺對外謝絕參拜。

走到狸坂最高處，眼前的道路形成風車一般扭轉的四條岔路。左邊是暗闇坂，右邊是一本松坂，若繼續直走就是大黑坂。

我沿著暗闇坂往下走，來到麻布十番通。十字路口左轉角處有以甜點麵包聞名的「St. Moritz名花堂」。這間店總令我想起在御茶水素描教室認識的天方由紀子（假名）。當時我已經是大學生了，不過她從我高三在那裡補習時就很照顧我。她比我大七歲，那時二十六歲，在奧地利大使館工作，長得很像最近不常出現的佐久間良子（年輕人不知道她是誰吧）。

她住的公寓位於現在南麻布的奴坂附近，從那裡走幾分鐘就能到一個叫眾樂園的釣魚場。還是無聊學生的我為了打發時間，和她約晚上見面時，經常在那裡一邊垂釣一邊等待。

前言說得太長了。我和剛洗完澡的她最常一起吃的就是「St. Moritz名花堂」一種叫做西伯利亞的蜂蜜蛋糕。

「我喜歡西伯利亞這個名字」。

她這麼說，但是對我來說太甜了。接吻時唇上總殘留西伯利亞甜甜的滋味。聽說興趣是畫圖的她和奧地利人結婚了，不過現在我已沒有她的音訊。她總是一臉不知所措，似乎快哭出來的表情，不論我做出多麼任性的要求都會答應。

我在麻布十番的路上閒晃，冷風刮著臉頰。走到種有櫸樹的「patio 十番」廣場，廣場上立著「小君像」。野口雨情那首有名的〈紅鞋子〉描寫的少女就是以小君為藍本。雕像下註記著令人哀傷的文章。

據說小君還是嬰兒時，被母親佳代送給美國傳教士做養女。佳代一心認為小君一定跟養父母去美國，將這件事告訴雨情，於是誕生了那首〈紅鞋了〉。沒想到，小君最後其實沒有去美國，而是於明治四十四年九月（一九一一年）獨自寂寞地死在當時麻布永坂町（現在的十番稻荷神社）附近的孤兒院，死時才九歲。

每次來麻布十番，我一定會走進炒豆老店「豆源」買鹽味和醬油味的炸米餅。我很愛吃這個。

走著走著身體發起冷來，於是決定去「麻布十番溫泉」暖暖身子。入浴費一千兩百六十日圓。

老早就想著總有一天要來，直到現在才第一次來這裡泡溫泉。這裡的溫泉是昭和二十三年（一九四八年）從地下五百公尺處湧出的咖啡色天然溫泉。澡堂意外地沒什麼人，男浴池包括我在內只有幾個初老的客人悠哉地泡著溫泉。不知道女浴池都是些什麼樣的澡客呢，我不由得想像起來，哎呀，還是別想了。

泡了一小時左右，從溫泉澡堂出來時身體已經熱了，心想不如去吃碗蕎

patio 十番的
「小君像」背後
有個哀傷的
故事

麥麵吧，於是走進就在附近的「總本家更科堀井」。這間店始於寬政元年（一七八九年），原是信濃布和服商人的布屋太兵衛擅長做蕎麥麵，在領主保科兵部少輔的建議下，轉行開了這間蕎麥麵店，歷史相當悠久。布屋太兵衛起初似乎將店開在保科家江戶屋敷附近的麻布永坂町。「更科」這個店名分別來自信州蕎麥集散地「更級」的「更」字，以及取得保科家同意後使用的「科」字。

在走到今天這一步之前，這間店也經歷過許多事，若是全部寫出來就太冗長，還是先就此打住吧。

豆源總店
這裡的炸米餅
是我最愛吃的東西
店裡總是很擁擠的
豆源總店

將雪白的更科蕎麥麵吸入口中，配著烤海苔喝熱清酒。店裡雖然很多人，卻沒看見值得一提的美女。

既然如此，不如先聊聊「麻布十番」這個地名的由來吧。

當時（延寶三年，一六七五年）的幕府為了改善庶民的生活，著手整修附近的舊河川。今天的麻布十番這個地方在工程進行時是從河口數起的第十個（十番）工程區。標示工程區的木樁沒有移除，就那麼殘留了好幾年。因此，代表「第十號工程區」或「第十號木樁」的「十番」就成了這一帶的地名。

不過，關於麻布十番地名的由來還有另一個說法。距離上述說法二十三年後的元祿十一年（一六九八年），幕府在

麻布十番著名的
「麻布十番溫泉」
入口在正面左側

如今的南麻布建設將軍別墅，據說疏通河川時的第十組工班人手是從這附近派出的，因而成為地名的由來。這是另外一個說法。

不管怎麼說，這一帶的街上留有很多創業於明治或大正時代的老店。過去似乎也有不少相聲館和電影院（不過我沒有在這裡看過電影）。

以商店為中心發展的麻布十番也在戰爭中被燒成一片荒原。曾經是這裡特色的夜市在戰後遭到禁止，昭和二十年代雖曾顯露些許重振的徵兆，進入三十年代後又因為都營電車的廢止，使得這個地方陷入交通機構的三不管狀態，儼然成了一座陸上孤島（不過也有一種說法是町民拒絕建設地下鐵）。總而言之，這裡一直是個交通不便的地區。反過來說，正因拜這陸上孤島狀態之賜，直到現在這一帶仍將昭和時代的氛圍保留得很好。如今行經這裡的地下鐵有兩條路線，附近又建設了六本木山丘和東京中城等複合式建築，令此地搖身一變成為廣受年輕人歡迎的地區。走在路上不時可見看似從其他縣市結伴前來的年輕女性，手上拿著地圖邊看邊走的模樣。不管怎麼說，「麻布十番」這個地名還是非常有魅力。就像神樂坂和人形町，之所以如此受到東京人的愛戴，我認為地名的貢獻功不可沒。相較之下，我的出生地赤坂丹後町，現在已經改成赤坂四丁目這種「無趣」的地名了。赤坂的一木通（景觀已經變得很糟糕了）雖然還在，一木町卻已不復見。

我買了「月島家」包紅豆餡的今川燒打算給家人當禮物，帶著微醺的感覺搖搖晃晃地走在路上時，突然被人叫住。往聲音的主人望去，是兩位站在「阿部仔」前面的妙齡美女。其中一位是在TBS工作的M美小姐，她們正在排隊等著進麻布十番大受歡迎的串燒店「阿部仔」。

「很快就輪到我們上桌囉。」

M美小姐介紹跟她一起排隊的K子

看得見東京鐵塔的
地下鐵「麻布十番」車站附近

小姐，說她是一位女主播，目前不隸屬任何電視台。我不常看電視所以不認識她，但確實是一位美女主播。

「要不要一起來？」

我很不擅長拒絕這種邀約，只好落得跟兩位美女一起進「阿部仔」吃串燒的下場。

「不嫌棄的話，這送妳們。」

我還情不自禁地把剛買的今川燒遞給M美小姐。

「哇，是月島家的紅豆餡耶，好開心！」

她們對麻布十番知之甚詳。看到三十歲左右的獨身女性懂得上「阿部仔」吃串燒，實在教人太不甘心了。這間店可是昭和八年（一九三三年）創立，而且當時只是攤販。聽說附近相聲館還在的時候，這間店也受到有名的相聲家特別青睞。我卻是第一次來吃。

和兩位美女吃著串燒，喝著只加冰塊的燒酒（沒有擠一滴檸檬）。

「妳們常來這裡嗎？」

「我家就在這附近。」

「咦？妳不是住參宮橋嗎？」

「去年年底搬過來的。」

M美小姐說她現在住在暗闇坂那邊的公寓大樓，K子小姐好像也住在附近。這樣啊，麻布十番還真是個好地方哪。我一個人如此感慨起來。

「我今天晚上太開心了。」

K子小姐說。

「安西先生經常和村上春樹先生一起出書吧？我擁有整套村上先生的作品。能和經常與他一起工作的安西先生坐在這裡喝酒，簡直像是做夢。」

這種話我被很多人說過，反正妳也是村上春樹的粉絲吧。不能怪我會這麼想啊。

「可以寫信給您嗎？」

遞名片給K子小姐時，她這麼說。

「請寫請寫，到時候也順便告訴我妳的公寓名稱和房號喔。」

我這麼想，不過沒有說出口。

很想邀請她們一起去雪茄酒吧「命乃水」，但一直抓不到開口的好時機。

就在「阿部仔」結束這個夜晚吧。

兩位美女就站在這間「阿部仔」店門口叫住我

「懷舊與空虛」的澀谷一帶

往往一踏上青山通，就會想起我高中時的事。在澀谷看完電影後，再到東急百貨店的紀念郵票賣場（六樓）把錢花光，只好沿著青山通走路回位於赤坂的家。這種事發生過好多次。

對我來說，一下宮益坂就等於進入澀谷。當時我常去玩的地方以東急文化會館[1]和東急百貨店為中心。

從那時起，澀谷這個地方就給我一種難以捉摸的謎樣感覺。道玄坂和百軒店那一帶我沒去過幾次，即使如此，為了看只有百軒店上映的電影時，還是會爬上那條短短的斜坡道，每次走在上面都會產生一股被拖進魔窟的心情，彷彿四周都飄散著妖氣似的。

這次的美女散步，就決定去如今似乎已完全看不到道地日本人的澀谷。現在的澀谷和過去真的不一樣了，再也看不到我熟悉而習慣的那個澀谷。

「Excuse me, are you Japanese?」

昂首闊步澀谷街頭的，盡是令人想用帶著日本腔的英文這麼問的傢伙們。

走下宮益坂，途中會經過「澀谷郵局」和裱框店「植松」（現在我還常去這裡裱畫）。走下斜坡道就是明治通了，直到五年前為止，從這裡左轉就是「東急文化會館」。過去在明治通右斜前方的是「澀谷東映劇場」（現在還在）[2]、「澀谷全線座」，基本上我大概都在這一帶看電影。

想特別一提「澀谷全線座」，「線」這個字總令我聯想到「赤線」、「青線」[3]，起初還戰戰兢兢想著不知道經營這間電影院的是什麼樣的角色。不過，只要一百日圓就能在這裡連看兩部外國知名電影，根本就是做良心事業的電影院嘛。我就曾在這裡連續看了《第七號情報員》（最初上映時的名稱是「００７是殺手的編號」）和《金手指》兩部００７系列電影。而東急文化會館（平成十五年六月三十日因開發站前區域而拆除）正可說是娛樂殿堂（很抱歉我用了令人難為情的形容詞），內有四間電影院，地下樓層則是專門播放報導型電影的「東急日報」（沒記錯的話入場費只要三十日圓左右）。必須

1 即現在的澀谷HIKARIE。（原註）

2 現在的澀谷TOEI。（原註）

3 日本俗稱的「赤線」地區指的是警署習慣在地圖上以紅線圈起默許特殊飲食店從事賣春行為的區域，相對地「青線」區域內的賣春行為則視為不合法。

澀谷兩大集合地點
車站南口摩艾石像
這裡的上班族比較多
大家熟悉的八公像前
相較之下這裡比較多觀光客
109前
很多人令我想問
「你是日本人嗎？」

特別一提的是建築物最高樓層的「五島天象儀」。簡單來說，就是坐在可調整椅背躺下的椅子上眺望夜空中的星星。高中時我去過好多次，大概是好人家的子女多半喜歡星座吧，我在那裡和學習院高等科的女生走得很近。事實上我對天文學一點興趣也沒有，說到星座也只認識北斗七星和獵戶座。畢竟白鳥座或獅子座什麼的看起來根本一點也不像白鳥或獅子。還記得當時為了女朋友，我從書桌抽屜深處挖出小學時央求大人買的星座盤研究了一番，真是青春期的苦澀記憶。她的名字叫堂內真美（假名），是個一看就知道家世很好的美女，左眼下方有個淡淡的痣。因為皮膚白皙的關係，那顆痣更是令人難忘。

「五島天象儀」於昭和三十二年（一九五七年）開幕，營運了四十五年，直到平成十三年（二〇〇一年）才結束了它的歷史。

「看，天漸漸亮了……」

夜晚即將結束時，解說者這麼說的聲音令人懷念。

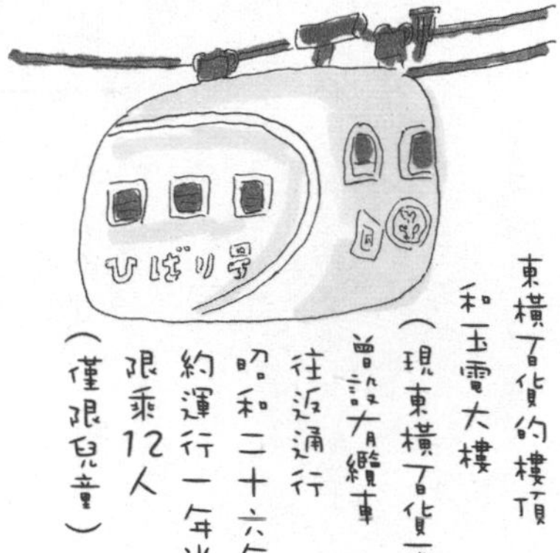
ひばり号
東橫百貨的樓頂
和玉電大樓
（現東橫百貨西館）之間
曾設有纜車
往返通行
昭和二十六年起
約運行一年半
限乘12人
（僅限兒童）

一旦寫起「東急文化會館」的事，恐怕會佔掉所有篇幅，還是就此打住吧。雖不是用來代替的意思，總

之我想在此引用從前讀過的大岡昇平作品《幼年》，裡面描寫了關於這附近的事，寫得頗有意思。

明治四十二年（一九〇九年）生的大岡昇平幼時就讀的「澀谷第一尋常小學校」（澀谷第一所公立小學）校址，就在後來「東急文化會館」的位置。

——我在這所小學讀到四年級，後來轉學到鐵軌西側，面對道玄坂通的大向小學校。這所小學現在已經遷移到代代木森林公園旁了，原址上蓋的也是東急百貨。換句話說，我讀過的兩所小學的地址，後來都變成東急旗下的建築——

說來滑稽。少年時期如此度過的人，長大後竟因太平洋戰爭而成為士兵，被送往菲律賓戰線，成為美軍的俘虜。獲釋歸國後以作家的身分寫下《俘虜記》、《野火》等優秀的戰記文學，想想只能說是不可思議。

過了明治通，轉角就是「Big Camera」。若是以前，直接往前走的話左手邊可看到蛇店。大概是賣壯陽藥之類東西的店吧，玻璃櫥窗裡總是有五、六條蛇蠕動爬行。雖然看了噁心，每次還是忍不住停下腳步。我很怕蛇（當然也有人喜歡啦）。

從山手線高架橋下延伸到宮下公園入口的是「飲兵衛橫丁」。三十幾歲時第一次被人家帶來這條橫丁時，我還想過為什麼非得在這種地方喝酒不可，現在真正懂得喝酒之道，才意外地發現

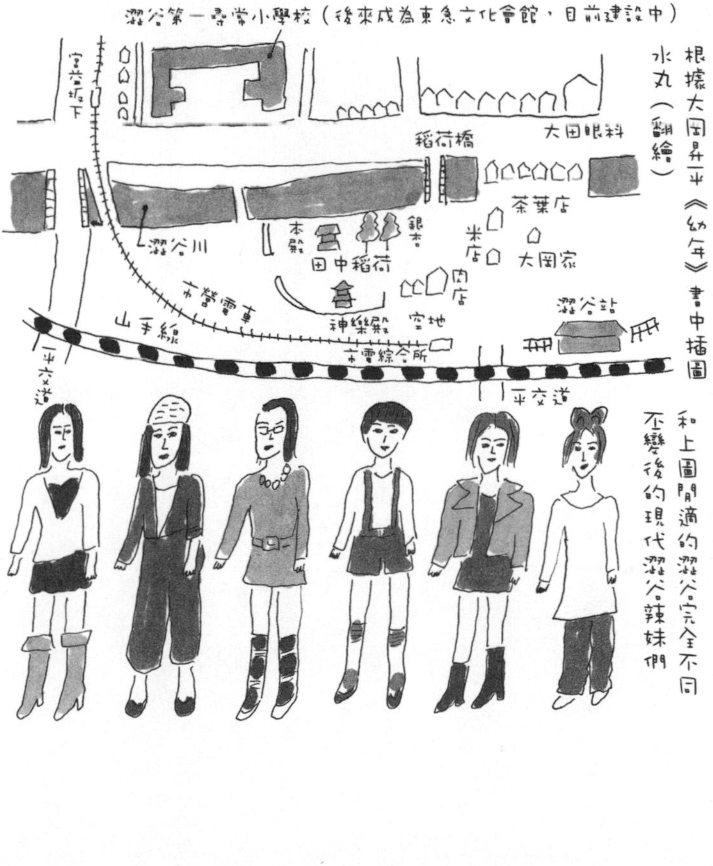

這種地方真是不錯。下雨或下雪的日子喝的「憔悴酒」，最適合在這種地方喝。

「飲兵衛橫丁」裡有一間叫「野川」的居酒屋，我去過那裡好多次。印象最深刻的是和田中美佐子（假名）去的那一次。我在去某大學演講時認識了她，當時我四十歲出頭，田中美佐子還是個二十三歲的那學生。當時約好一起喝酒的地點就是在這「飲兵衛橫丁」裡的「野川」，說來真是窮酸。我們喝了好幾瓶只有這裡才喝得到的凍結日本酒，酩酊大醉。

「差不多該回去了吧。」

我這麼說。她和家人一起住在東急東橫線上的日吉，最後一班電車就快開了。

「接下來打算做什麼？」

她凝視著我這麼說。什麼打算做什麼，妳到底在想什麼啊。雖然心裡這麼想，這種時候的我意外懂得變通。

直到今天，圓山町某飯店房間裡的人造玫瑰花那鮮艷的桃粉紅色依然烙印在我腦海深處。

澀谷車站西口廣場有忠犬八公的銅像。眼前有通往西武百貨的路，有通往中央街的路，有通往文化村通的路，有通往道玄坂的路，也就是所謂的大交叉路口。號誌燈一變綠，等待過馬路的男女老少立刻山崩似的動起來，光看就可怕，簡直像是亞擴佩帝（Gualtiero Jacopetti）導演（好懷念的名字）執導的恐怖電影《世界殘酷奇譚》中會出現的場景。

正好聊到一個段落，接下來簡單介紹一下與澀谷地名相關的事吧。澀谷這個地名的由來有好幾種說法。一說是這附近原本被稱為「鹽谷之里」，從「鹽谷（SHIOYA）」轉變為「澀谷（SHIBUYA）」。大概是因為這附近從前靠海吧。另一個說法是這一帶過去曾有領主「澀谷氏」，地名就從人名而來。若繼續深入思考，文章可能會變得很長，還是點到為止吧。在字典上查「澀」這個字有「水垢」、「受侵蝕之地形」、「遇到不划算的事」等，多半都偏向負面的意思。確實，從澀谷的地形看來，不但四處都有斜坡，澀谷車站更位於整個狀似研磨缽的地形底部，完全就是不愉快的谷底。而這處谷底在最近幾年還不斷湧出許多莫名其妙的蛆蟲，甚至可以歸類為天災了。進一步思考這場天災的元凶是什麼時，我腦中浮現的是一棟叫做P的時尚大樓。廣受年輕人歡迎的「公園通」等名稱，也可說是來自這棟P大樓。關於這件事就先這樣吧，有機會再繼續說。

爬上背對澀谷車站的道玄坂，左手邊可看到道玄坂碑。根據碑文記載，大永四年（一五二四年），澀谷城被攻陷後，原本投靠澀谷氏的和田義盛後裔大和田太郎入道道玄成為盜賊，他用來登高探勘的巨大松樹就長在此處。不過如今這裡的樹卻是櫻樹，那個生有松樹的坡道真的是道玄坂嗎。真相依然是個謎。

過馬路到號誌燈的另一側，沿著斜坡往下走到「三業通」（意思是開有餐廳、茶室與藝妓屋三種行業的道路）、「百軒店」與「戀文橫丁」。往與「百軒店」相反方向望去，可以看到一整排的

「招牌建築」。招牌建築是關東大地震（一九二三年）後流行的商店建築形式，招牌和建築合為一體，也有人稱為「女兒牆（parapet）建築」。我在這排建築物的其中一棟「文紀堂書店」獲益斐淺。進入「百軒店」，走上斜坡後，右手邊是脫衣舞劇場「道頓堀劇場」，這個劇場是我高中畢業後才有的。當年的脫衣舞劇場是百軒店後方的「澀谷劇場」。

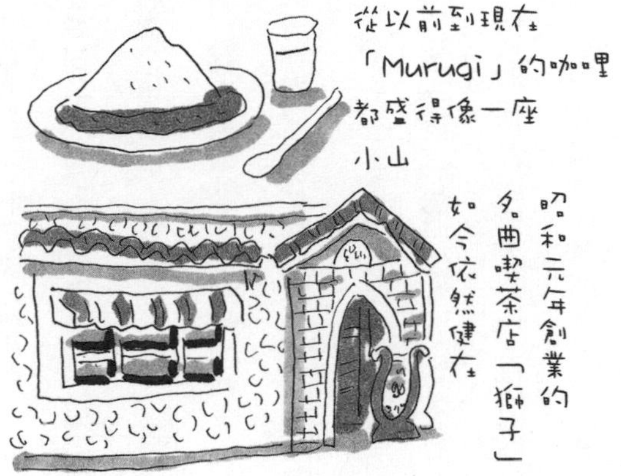
從以前到現在
「Murugi」的咖哩
都盛得像一座
小山
昭和元年創業的
名曲喫茶店「獅子」
如今依然健在

直接走到斜坡最上方，進入巷弄後可以看到昭和元年（一九二六年）創業的名曲喫茶店[4]「獅子」依然老當益壯地在這裡奮鬥。向左轉，右手邊是昭和二十六年（一九五一年）年創業的咖哩店「Murugi」。我有時會為了想吃「Murugi」的咖哩而特地出門，這裡的服務生也是難得的美女。

4 一邊喝咖啡，一邊聽古典樂的咖啡店。店內大多禁止講電話、大聲喧嘩、攜帶外食等公約。

昭和三十年代，這附近有很多的爵士樂喫茶店。有「奧斯卡」、「DUST」、「SWING」、「Black Hawk」（這是新宿的「DIG」系）、「小螞蟻」，還有「行星」（這間店後來更名為「音樂館」）……等等。可說是爵士樂喫茶店之街。大學時我去過每一家店，其中最大的一間是「奧斯卡」，店內裝潢宛如劇場，將桌子面對揚聲器擺放。音質雖然非常好，我對那種桌子的擺法實在不大習慣。原本一心以為「奧斯卡」這個店名是從奧斯卡・彼得森（Oscar Peterson）[5]來的，結果好像是因為隔壁有西洋電影的首映館（我想應該是「劇場丘」），而說到電影就想到「奧斯卡金像獎」，所以取了這樣的店名。

走到百軒店後方的「千代田稻荷」，這裡已經不見過去的熱鬧，成為蕭條冷清的所在。我在這一帶擁有數不清的回憶，繼續寫下去說不定能直接出一本書了。

穿過「戀文橫丁」那條路，爬上西班牙坂的坡道，從「巴而可」前面出來。石階最上方盡頭處的「帕托斯電影院」從前是一間叫做「東方旅館」（為什麼我連這都知道）的愛情賓館，我還記得入口處垂著人造藤蔓。如今這個地方充滿莫名其妙的年輕人，星探往往會來這裡挖掘新人。

在這裡被星探相中，如果真能朝好的方向發展也就罷了，很多不幸的女孩子卻是沒想到其實會被推進酒店火坑。

「妳有沒有興趣當明星啊？我看妳外型不錯，一定能馬上成為人氣偶像喔。」

像這樣被說動，結果卻是成為脫衣舞者，甚至最近也有淪為土耳其浴女郎的不幸女性。真的要小心別遇上皮條客啊。

「戀文橫丁」的由來，是戰後（太平洋戰爭）與美國大兵談戀愛的女人們，為了寫信給回國的戀人，或是與五年後為了韓戰而從軍的戀人聯絡，必須請人代筆寫英文信或代讀信件內容。從事代筆代讀這一行的人多半聚集在此地，因而獲得這個名稱。丹羽文雄的「情書」[6]就提過這方面的事。

「巴而可」前的坡道名稱不知何時變成了「公園通」。這一帶原本是與「東武飯店」另一邊的圓山町氛圍不同的愛情賓館集散地，如今幾乎只有公寓大樓林立了。

澀谷成為一個我難以理解的地方。走在這裡，令我懷念的只剩下地形，內心一陣空虛寂寞。

5（一九二五〜二〇〇七）世界公認的爵士鋼琴大師。

6 情書的日文漢字即為「戀文」。

「都心花街」四谷荒木町、神樂坂一帶

話雖如此，穿緊身褲的年輕女性未免太多了。每次和她們擦身而過，我就會忍不住連聲嘀咕「緊身褲女、緊身褲女」，講到後來嘴都乾了，真是傷腦筋。一九八〇年代中期，我到德國鄉下旅行時，看到的女人們總是穿著緊身褲。

「為什麼大家都穿緊身褲呢？」

我試著問年輕女性。

「因為這樣就可以放心穿短裙了。」

是喔，原來是這樣喔。雖然內心如此暗忖，總覺得或許還有什麼更深奧的原因。

所以，這次為了避開「緊身褲女」，我決定前往新宿區兩個歷史悠久的花街散步。

首先來到四谷荒木町。

令人懷念的荒木町。其實我姑姑曾經在這裡教過三味線（長歌），所以我高中、大

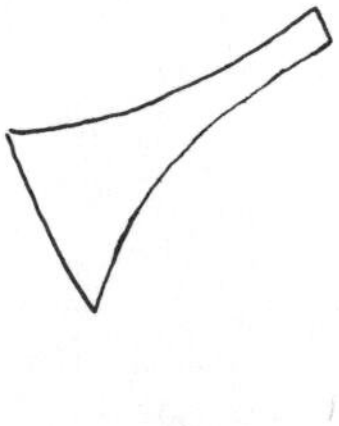

學時幾乎每星期都會來這裡。換句話說，當時荒木町就是我玩樂的地方。那時候的荒木町一入夜就能聽見三味線流麗的音色，是一個很有情調的街區。

這位姑姑（單身未婚）是父親最小的妹妹，在我大學畢業後，進廣告公司工作第三年時，死於某個大雪天。

她在四谷荒木町開了一間琴場，藝妓和大學裡長歌研究社團的學生們會來這邊學琴、練琴，多半都是年輕女性。她們練琴時，我通常躺在隔壁房間翻看姑姑為我長期訂閱的《美術手帖》雜誌，一邊吃放在盤子裡的仙貝一邊聽她們彈奏三味線。仙貝碎屑掉在臉上痲痲癢癢的。

姑姑的學生中，和我最親近的是在新橋某料理店當女侍（我是這麼聽說）的宇木田八重小姐，年約三十左右。她來練琴時總是身穿和服，因為這樣，在一群年輕學生中顯得特別成熟。

我躺著看書的房間和練琴室中間只用拉門隔開，拉門中段嵌著一塊橫長的玻璃，雖然玻璃本身是霧面材質，上面卻有鶴在天空飛翔的圖案，只有這個部分的玻璃是透明的。每次輪到宇木田小姐練習時，我都會爬起來，把臉湊近鶴的翅膀那塊透明玻璃的地方，凝神窺看她撥弦的樣子。她的手指又細又白。

星期天傍晚，我總是會和宇木田小姐一起離開姑姑家。沿著細窄的石階往下走，有一個名叫金丸稻荷的稻荷神社。神社旁有一顆柳樹，她每次都會在這棵柳樹下調戲我。比方說，從懷中掏出一條手巾，披在頭上，用纖細的食指與拇指抓住手巾兩端，微笑著說：「看起來是不是像真的夜鷹一樣？」[1]

我無以回應，只能露出為難的笑容。宇木田小姐天生就有一股性感的女人味，當時我是個才十七歲的高二學生。

四谷荒木町就是一個充滿這種回憶的地方，直到現在我偶爾還會去那裡喝兩杯。這一帶有石階，有細窄的巷弄，輕易便能營造出令人想喝酒的氣氛。只有熟知這個街區的人，才能在微醺的狀態下穿梭於巷弄之間。我經常去供應河豚和當季料理的「雨宮」，也常去中嶋朋子小姐（電視劇《來自北國》中飾演小螢的女演員）的母親開的酒吧「螢」。好幾次和女人喝酒後就這麼攜手走進料理旅館「蔦之家」。說不上是怎麼地，這裡似乎總帶著一抹桃色氛圍。

荒木町名稱的由來，是因為這附近從以前就有很多園藝店，剛砍伐的樹木從鄰近都

走進經常穿越的車力門通
左轉之後的巷弄風景（荒木町）

看似正要出勤的
酒店小姐（荒木町）

1 夜鷹是日本古時對妓女的稱呼。

市的村落運來時稱為「新木」，傳到後來就成了「荒木」。[2]

這一帶是美濃國高須藩主松平攝津守於天和三年（一六八三年）獲賜的上屋敷。現在的三榮町和荒木町交界處有荒木坂和津守坂，後者便是來自「攝津守」的略稱。

松平攝津守大宅的庭園窪地裡有個池子，上有瀑布流入池水中。明治維新後，這棟大宅充公，從明治八到九年間（一八七五～一八七六年）開始，池子周圍開起了茶店，夏天來這裡納涼的人很多，不久也有料理店進駐，逐漸發展成花街，直到現在。

據說池上的瀑布高約四公尺左右，現在荒木町還看得到相當於當時被瀑布沖出的窪地「策之池」。池子附近有「津之守弁財天」的社祠，被當地居民奉為守護神。「策之池」的由來與德川家康有關。據說家康獵鷹時，用附近的井水洗鞭子，因而得名。難道是井水形成瀑布落在松平屋敷裡嗎。

天色暗了，荒木町的車力門通和四谷大門通上開始亮起燈光。以坐落於都心的地理位置來說，這裡算是氛圍比較低調成熟的花街，拜此之賜穿緊身褲的女人也很少。朝銀座走去，路旁的公寓不時走出一兩個看似從事特種行業的美女。聽說這一帶公寓裡住了

不少酒店小姐，這麼說來，以前也常聽說很多人會在這邊金屋藏嬌。「妾宅」，光聽這名字就令人起雞皮疙瘩。

雖然不是因為想起這些事的關係，我想提提自己很喜歡的半村良先生的小說《異雨》[3]。書中描寫一條從四谷通往新宿的路，沿著這條路往右側走進去一點，就是主角仙田住的四層樓公寓。書中提到那條路愈往裡面愈細，我想地點應該就是荒木町了。某天早上，仙田去一樓信箱拿報紙時，雨嘩啦嘩啦地下起來。他看著雨，道路後方突然有個穿和服的女人衝出來。

2 日語中「新木」的發音與「荒木」相同。

3 （一九三三～二〇〇三）本名清野平太郎，日本科幻作家。《異雨》為第七十二回直木獎得獎作品。

「好大的雨……」

「什麼嘛，妳不是綱木的……？」

原來女人是仙田熟識的酒吧女公關。這場景描寫得很好，最適合這一幕發生的地點

仲坂的石階（荒木町）
看得見防衛省的通訊塔

策之池附近
還殘留些許
過去花街柳巷的
風情（荒木町）

既不是淺草也不是人形町，真的就該是荒木町。

我曾和半村良先生在淺草連喝了好幾攤。那次甚至還去半村先生家打擾了。半村先生穿著不含袴褲的連身和服走在淺草街道上。在某間店裡，我嚐到有生以來最受女人歡迎的滋味。走出店外時半村先生說：

「女人都很識貨呢。」

從這句話就可看出半村先生的從容自信。

在金丸稻荷附近的串燒店喝了生啤酒潤喉後，我朝神樂坂前進。

搭計程車到神樂坂下。看到了看到了，穿緊身褲的女人在路上走來走去。大概因為法政大學和東京理科大學離這裡很近的關係，到處都是緊身褲女。是說仔細想想，這兩間大學確實有很多應該很喜歡穿緊身褲的女學生。我一路上不斷嘀咕「緊身褲女」，結果又想喝啤酒了。

神樂坂也是條歷史悠久的花街，似乎打從明治時代就籠罩在一股文學氛圍下。住在這附近的文人很多，或許也因為這樣，以這一帶為舞台的作品為數眾多。做為官方認可的風月場所，至少從江戶時代的元文（一七三六～一七四一～一七四三年）即已存在。儘管比不上柳橋等一流風月場所，遇到毘沙門天神誕等重要節日時，夜市熱鬧的程度也稱得上是山手第一。這附近也有很多相聲館，一般認為明治三十年（一八九七年）前後是神樂坂最有情調的時期。

最近神樂坂儼然成為東京的觀光勝地之一，似乎還有集體搭觀光巴士來的人。我有時候也會去神樂坂喝幾杯，這裡好店很多。其中一間隱藏在巷弄深處的「馬奇斯」（Makis），就是我和今年一月過世的作家百瀨博教先生經常去的酒吧。和百瀨先生在這裡聊了好多，書的事、電影的事……最開心的就是聊女人的事了。有些結束酒宴工作的藝妓會來「馬奇斯」

喝酒，有和客人一起來的，也有自己一個人來的。一位經常和我聊天的四十歲左右藝妓志滿小姐（假名），來的時候總是穿著和服，梳高髮髻，維持酒宴上的打扮。不知道是不是被客人灌了酒，臉上經常帶著酒醉的紅暈，頗有風情。只要一看到我，她就會到身邊來找我聊天。

我們曾經聊過這樣的事。

志滿小姐說她二十歲左右時，曾經和一位六十五歲左右的老先生交往。順著這個話題，我忍不住藉酒裝瘋地問：

「請問啊，男人到幾歲為止還可以**那個**啊？」

那個指的當然就是嗯……那個嘛，性行為的意思。

「我想想喔，只要女人好好幫對方做，大部分的人過了七十歲都還沒問題的唷。」

志滿小姐是這麼說的。總之，我在「馬奇斯」遇到美女藝妓的次數多到數不清。

神樂坂在關東大地震中受到的影響不大，至今仍保留許多舊民房和巷弄。地名的由來有好幾個，在此只說說其中兩個。一說是市谷車站附近的市谷八幡舉行祭典時，神轎途經牛込御門橋上時，在橋上停留了好一會兒，當時演奏了神樂，因而得名。另一個說法是從這裡（現在的神樂坂）能夠聽到若宮八幡的神樂，因而得名。不管怎麼說，唯一能確定的就是和神樂脫離不了關係。

和本篇前半段提到的四谷荒木町一樣，神樂坂的商店同業公會做得很好，稱職地守護著這片街區。此外，對老饕們來說，神樂坂也是難以割捨的美食地區，來這裡就能找到許多美味的餐廳。聽說其中不乏走京都路線，拒絕第一次上門生客的店家。

我並不討厭神樂坂，唯有一件事令我無法認同，那就是這一帶充斥的文藝氣息。不時看到有些作家在文章裡提及自己「在神樂坂閉關」之類的話，我實在是怎麼也喜歡不了這種感覺。總覺得有些人這麼寫只是有意無意地想炫耀自己，令我很難不嗅到一股窮酸味。我知道出版社將作家送到飯店或旅館閉關專心寫稿是業界長久以來的習慣，可是為什麼就不能在自己家寫呢。我每次都會這麼想。或許是家裡空間狹小，夫人太愛嘮叨，或是孩子吵鬧，路旁總有救護車呼嘯而過，隔壁的狗老是亂吠等等，當然各種理由都有，可是那又怎樣呢。

上個月幾乎關在神樂坂的旅館裡閉關寫作，真是痛苦的過程啊，好想早點回家。

每次讀到這類文章，我都很想回對方一句「那就快點回去啊」。這麼說對作家們很抱歉，但我實在很討厭以這種形式出現的神樂坂。就這層意義來說，街道上的風情或許不如神樂坂，但四谷荒木町那種純粹的飲食街反而不拖泥帶水，乾脆多了，也更給人好感。

話雖如此，我還是在神樂坂散起步來。走過以石板路呈現懷舊情調的「躲貓貓橫丁」（這名字是誰取的啊）、「兵庫橫丁」（聽說中世紀時這一帶是存放武器的城郭，這名字就是這麼來的）、袖摺坂和白銀

町（我的友人嵐山光三郎的辦公室就在這裡），雖然不是沒有遇到美女，比起神樂坂中心地區，稍微偏東的輕子坂附近遇到的美女更有屬於這地方的風韻。真要說的話，這一帶比較像是辦公商業區，加了一點班的粉領族那輕微的疲倦感令她們顯得很性感。總覺得女性身體虛弱的樣子反而有股說不出的魅力。眼睛不舒服的女人最好，比起波斯菊，還是山百合比較美。

走到輕子坂下方，眼前是名畫座「銀鈴廳」（Grinrei Hall）。看到它依然在這裡努力，內心不由得一陣欣慰。

走著走著，來到從前情婦住的公寓前。原本想過去看看，又怕萬一舊情復燃就麻煩了，結果還是作罷。她是個皮膚白皙的女人。我打算再去「馬奇斯」喝一杯就回家。

作家百瀨博教先生死去那天，我以嘉賓身分受邀前往「銀座百點」進行三人對談。回程搭上計程車時，忽然很想去從前常和百瀨先生一起去的「馬奇斯」，於是便從三宅坂往神樂坂的方向去。媽媽桑和在場的藝妓跟我說了幾句話，我忽然再也按捺不住，一個人衝進廁所大哭了一場。

那天我喝到爛醉如泥才離開。

聽說以前有很多料亭
現在只剩下石階寂寞地佇立
在那裡（神樂坂）
夕畫座
銀鈴廳
看到
它還在
真欣慰

「劇場與笨蛋情侶」下北澤一帶

去看松尾鈴木的劇團「大人計劃」的戲時，被「東京的特產就是笨蛋情侶」這句台詞給逗笑了。

我雖然不認為東京的情侶都是笨蛋情侶，卻經常看到松尾鈴木戲裡說的那種情侶。不知道他們腦子裡到底裝什麼，竟然可以十指交纏地走在路上。令人嗤之以鼻。

就是這麼回事，這次的美女散步決定以下北澤為中心。我認為下北澤或許是「笨蛋情侶」的發源地也說不定。

小田急線與京王井之頭線交錯的下北澤站，站內複雜的程度宛如艾雪（Maurits Cornelis Escher）的畫。在走到出口前必須先上樓梯再下樓梯，總覺得這搞不好是來自小田急電鐵和京王電鐵的無形惡意，這麼想的人應該不只我吧？

為了看戲，我經常造訪這樣的下北澤。現在下北澤的劇場，隨便舉例就有「本多劇場」、「THE SUZUNARI」、「站前劇場」、「OFF・OFF劇場」、「『劇』小劇場」、「小劇場樂園」、「下北空間自由」、「東演Parata」、「東京新劇團劇場」……等等。以前可是只有「本多劇場」一間呢。本多劇場第一次公演時我也在場，還記得當時劇場經理（應該就是本多先生吧）曾說，希望有朝一日下北澤能變成劇場街。如今下北澤也真的如他所說，發展成戲劇聖地了。

說到下北澤劇場街的先驅
非「本多劇場」莫屬

入口處的階梯
這裡也有笨蛋情侶
這位青年說希望別人能夠收下他的小說
加油
要拿到芥川獎喔

下北澤站剪票口外，年輕男女一如往常地聚集在那裡等待。實在很難不覺得他們臉上展現的是等待做愛的表情。這應該不是壞事吧。

走下南口階梯，沿著街道一字排開的都是投年輕人所好的店家。服飾店是一定要的，還有CD店、DVD店、舊書店、咖啡店、數不清的餐飲店……以獨特品味精心打扮過的年輕情侶就走在這樣的街道上，其中也有我討厭的緊身褲女（現在好像要改說內搭褲。責任編輯今井這麼提醒我，真不愧是今井）。我並不討厭逛這些店，於是也走進店裡看看，沒想到意外有趣。店家為了爭取年輕族群的顧客卯足了勁，我忍不住買了DVD。店員很可愛，而且相當親切。多去幾次應該可以變成好朋友，這種地方也讓人感覺刺激。

沿著南口通走，途中在庚申塚那個髮夾彎左轉就能進入吾妻通。往北直走，從京王井之頭線的高架底下穿過，朝小劇場「THE SUZUNARI」的方向前進。很久很久以前，唐十郎先生率領的「紅帳」劇團就曾在這一帶搭台演出。表演內容我已經忘了，只記得最後將舞台牆壁拆掉，京王井之頭線電車從眼前通過那一幕，實在令人瞠目結舌。那是

連「本多劇場」都還沒出現的時代。

逛了逛「THE SUZUNARI」旁的舊書店，因為還沒吃午餐，就走到舊書店旁斜坡上右手邊的「魔術香料」咖哩店。我去過這間店好幾次，每次都大排長龍進不去。這天雖然也有很多人在排隊，我看天色還早就跟著排，約莫等二十分鐘就坐下來吃了。我點的是雞肉咖哩，嘗試挑戰超辣的「涅槃」等級辣度。哎，這種程度的辣度根本毫無問題就過關了，比「涅槃」更辣的還有「天空」和「虛空」兩個等級。話說回來，這辣度的命名為什麼帶著一股佛教氣息啊。不過無所謂啦。

店內每張桌子都坐滿了年輕情侶。

「咦，阿實你吃了涅槃喔？那豈不是NASA的發射台嗎？」

一個女孩對跟男友這麼說。什麼NASA的發射台啊，妳才是吧。雖然心裡這麼想，水丸我還是硬忍住太過下流的想像。

一邊吃咖哩，腦中一邊想著下北澤的歷史，憶起從前讀過的東京史內容。

最早世田谷地區的北澤是和奧澤、深澤、馬引澤這些細流[1]比起來位置偏北的一條細流。據說古時由下北澤與上北澤合併形成了一個村（北澤村）。北澤村（也可以寫成喜多澤）幅員遼闊，範圍內甚至包含了一片原野。後來中央部分逐漸開發，隨著赤堤、代田、世田谷等村

人氣和「本多劇場」不相上下的「THE SUZUNARI」

「魔術香料」咖哩店就在這條坡道上

落陸續分村，北澤本身也分成了上下兩村（上北澤與下北澤）。這是第一種說法。不過，也有人說打從一開始就是兩個村，因為容易混淆才加上了「上」字與「下」字做為區隔。

無論如何，這裡原本都是個鄉下地方。實際散步其中就會知道，道路的走向看不出經過規劃，反而更像是由農道直接發展成的道路。

昭和七年（一九三二年），世田谷區成立，北澤則規畫為一丁目到五丁目。現在的北澤一丁目到五丁目成立於昭和三十九年（一九六四年）。有小田急線與京王井之頭線交錯經過的下北澤車站所在位置是下北澤二丁目。

近代世田谷地方的特徵簡單來說，應該就是原本附屬於江戶、東京的近郊農村吧。和江戶之間的距離大約三里左右，也可以說江戶這個大消費地區就近在眼前。很快地，世田谷地方成為江戶的蔬菜供應地。一方面做為江戶的農產品供應地，一方面卻也從江戶獲得一大好處。那就是大量的肥料，換句話說就是來自江戶的大量人糞。現在下北澤令人很難想像也有這樣的當年吧。

1「澤」在日文中的原意是細流、小河的意思。

在小時髦的家具店內
不錯啊。
這個怎麼樣？
Thanks.

我在上高中前幾乎與下北澤無緣。不過還記得孩提時代，我那生於明治年間的母親曾說過她小時候去世田谷撿栗子的事。她形容當時夕陽落在林子裡的美麗景象一直烙印在我腦海中。當時的下北澤，放眼望去想必是一片閒適的農村風光。

我的下北澤回憶中有兩位女性。其中一位叫佐野朝美（假名），她是我在日大藝術學部當講師時的學生。佐野朝美的老家在群馬縣前橋市，聽說家裡經營木材行，家境應該相當富裕。白皙的肌膚與纖瘦的身材有股說不出的性感。

我的大學老師曾經這麼說：

「安西啊，如果是開青果行或魚店的，或許自由取用自己店裡賣的東西也沒關係，可是這裡（大學）就不能那麼做了喔。」

這位老師的傑作在於說完這段話，停頓了一個呼吸之後繼續說的話：

「嗯，不過呢，等她們畢業就可以了。」

我笑了。

我和佐野朝美單獨吃過幾次晚餐，也一起喝過酒，不過我一直謹遵老師的教誨。她住在下北澤附近，代田六丁目的公寓。

大三那年秋天，佐野朝美擔任秋季園遊會的執行委員之一。

「老師，我想找繪本作家來園遊會舉辦活動，您有認識的嗎？」

水丸我遇到剛從賓館走出來的情侶

她來找我商量這事，我便介紹了認識的繪本作家給她。

「哇，沒想到能請來這麼有名的作家。」

她非常高興。

大學畢業後的佐野朝美，意外地成為服飾店的店員（希望大家明白，就算在學校學的是設計，還是有不少這樣的女性）。不只如此，晚上她還在下北澤的咖啡廳打工。在這樣的狀況下，某次我正好和之前介紹給佐野朝美的繪本作家喝酒。把他介紹給她之後我們只碰過一次面。繪本作家（還是姑且這麼稱他吧）個子不高，大概只有一百六十三公分，說話風趣幽默，不用說，他的笑容也令人倍感親切。

「園遊會時介紹給你那個叫佐野朝美的女生，現在好像在服飾店工作。」

「嗯，好像是呢。聽說也在咖啡廳打工喔。」

「咦，你知道啊？」

「嗯，那次園遊會結束後我跟她吃過好幾次飯啊。那個女生很M喔，正好符合我的癖好。現在她一個月會來我家三次吧。」

繪本作家說得輕描淡寫，我差點沒暈倒。

「下次給你看她的照片吧，相同角度的我拍了好多張，再寄給你看。」

等、等一下，你這傢伙！這句話還來不及說出口，就聽見自己說出不該說的話。

「真令人期待啊。」

前幾天，我在朋友的個展酒會上巧遇繪本作家。

「和她最近還好嗎？」

「不，我們分手了。她把身體搞壞了，現在聽說不知道在哪裡的美術專門學校當老師。」

佐野朝美那大張雙腿，不堪入目的全裸照片，我到今天還忘不了（奇怪，那張照片我放到哪裡去了）。不知道受到繪本作家如何薰陶，她變成一個比學生時代更美的女人。

話說如此，還真是不能小看繪本作家。

另一位女性是高中三年級時，在素描研究室認識的松下妙美（假名）。她和家人一起住在世田谷區的羽根木町。大概因為近視的關係，拿下眼鏡時總像看什麼刺眼東西似地，瞇著眼睛凝視別人，那個時候的表情有種說不出的性感。沒記錯的話，我第一次聽到下北澤這個地名，應該就是出自她的口中。

松下妙美是素描研究室之花。由於她總是穿便服來，我不經意說了句「妳沒有制服嗎」，結果下次她就穿制服出現了。這種時候讓我高興得難以自拔。一到下課時間，男生們都會爭相邀她一起回家。

「我要跟渡邊一起回去。」

她每次都這麼說著拒絕了其他人。渡邊是我本名的姓氏。還有什麼比這更令人開心呢。老家在赤坂的我明明從御茶水（研究室在這裡）搭地下鐵丸之內線就可以回家，為了配合要到新宿換車的她，我們總是會一起搭國鐵（現在的JR線）到四谷。總而言之這些事對我而言都是無上的喜悅。

不過，因為某個無聊的意氣之爭，我上大學後就和她分手了。

大學畢業後，我進入電通工作，她則任職於三愛的設計室。有天我在銀座通與她巧遇，那時彼此都已結婚。我們找了間喫茶店交換近況，時間沖淡了高中時的心動激情。

後來，我和她又在出乎意料之外的地方相遇。那個地方竟然是下北澤南口的剪票口。她邀我去一間播放爵士樂的喫茶店「雅子」，我們在那裡輕聲細語交談。那間店給人某種說不出的寒愴感。

「可以去找你玩嗎？」

當時我已經成為自由接案的插畫家，在青山有一間工作室。

還記得我不甚積極地答應了她。

又過了一段時間，松下妙美帶著女兒出現在我的個展上。令我驚訝的是，她的外表判若兩人。

「我得了乳癌。」

原來是這麼回事。她一定承受了很多痛苦。

在個展會場見面後，我只和她在電話裡說過一次話。

「我很感謝妳喔。」

我這麼說。

「感謝我什麼？」

她這麼說。

「如果沒有妳，高中時的我無法擁有那種做夢一般的經驗。」

「渡邊，你太可愛了，真可怕。」

這是我最後一次聽到她的聲音。癌症復發，使她永遠離開了這個人世，死時才四十幾歲。

走過充斥年輕情侶的下北澤街道。也去了佐野朝美住過的代田六丁目以及和松下妙美一起去的「雅子」[2]附近。在一番街看到據說是下北澤名勝的阿波舞看板，我心想，為什麼要在下北澤跳阿波舞呢[3]。

話說回來為什麼
要在下北澤跳阿波舞呢
（對高圓寺有相同疑問）
一番街
SHIMOKITAZAWA
阿波おどり
過了平交道就能進入
別有一番情趣的一番街

附錄
我順便去了「明大前」
不過什麼都沒有
KEIO 明大前駅
緊身褲女

2 二〇〇九年九月結束營業。（原註）

3 起源於德島縣的傳統祭典舞蹈。

住著洗澡很快的女人，三宿、三軒茶屋一帶

牡蠣與長靴的季節到來。為了尋求這樣的溫暖，這次散步的地點就決定是近來人氣緩緩上升的三宿到三軒茶屋一帶。

搭東急田園都市線，在池尻大橋站下車，沿著玉川通往三宿、三軒茶屋方向散步。或許因為這一帶的馬路上方有高速公路通過，總覺得光線比較昏暗。沒看到什麼值得一提的美女，走了十分鐘左右，在池尻稻荷那邊往十字路口右轉，進入住宅區的巷弄，這裡有價廉物美的河豚店「河豚鮮」，有段時間我經常跑來吃。聽說這裡的老闆持有編號一百多號的河豚料理執照。他總戴著燈塔管理員一般的帽子，相貌長得相當粗獷。

到了三宿，玉川通和三宿通在此交錯。向右朝三軒茶屋的方向走，可看到賣舊書的「山陽書店」。我和今年一月遽逝的作家百瀨博教先生經常一起去這裡。和店主聊起關於百瀨先生的回憶，我又情不自禁買了五本書，落得必須提重物散步的下場。這一帶雖然

也有些鎖定年輕族群的小時髦餐廳或酒吧，可能因為位置已經稍微深入巷弄及住宅區的緣故，似乎沒有趕上年輕人最新的風潮。不過，沒有變成下北澤那樣，或許反而是一件好事。

話題扯遠了，從三宿十字路口朝三軒茶屋的方向往左邊走就是池尻小學，旁邊的「世田谷創作學校」裡有個「雪花球美術館」。那是個收藏世界各地雪花球的小型美術館。事實上，擔任館長的就是不才水丸我。這裡的職員也是美女，請大家務必來玩玩。

我重新回到三宿十字路口。眼前有一間賣牛丼的「吉野家」。過去這棟「吉野家」左邊原本有一棟砂漿蓋的兩層樓公寓，現在雖然已經變成停車場了，坂井圭子（假名）就住在那裡。她是我和另外三個朋友在京都插畫教室當講師時的第一屆學生。有一頭長髮的她，一看就是京都土生土長的美女（聽說她父親是計程車司機）。

不過兩個月左右的時間，坂井圭子就搭上了當時我們四個講師中身價最高的插畫家（就叫他K吧），成為他的情婦。儘管我和K幾乎沒有排在同一天的課，有時她來東京，他們會約我一起吃飯什麼的。在東京聽到的京都腔別有一番女人味。我很清楚K的性癖，不由得擅自這樣那樣地想像起他倆的情事，沒想到後來K對我轉述與她之間的情話，內容竟然遠遠超乎我的想像。

「那個的時候，她會叫我老師，可是那不是普通的老師喔，是京都腔的老師，重音在前面。」

K這麼說。我心想，喔，是喔。

過了一年，第一屆的課程結束後，坂井圭子搬到東京，住的地方就是前面提到的公寓。我和K經常在那裡品嚐她親手做的料理。不是京都口味，已經被K調教成符合他喜好的口味了。

當時二十六歲的她，交往兩年左右就和K分手了。

「她說想做與編輯相關的設計工作，幫她介紹了之後，只因為公司位在大樓的地下室就不滿意，我說了她幾句，後來關係就一直惡化了。」

K這麼說。哎呀，我倒是不意外，她應該有她自己的野心吧。

十年的時光轉瞬即逝，某年晚秋，工作室收到一本賀年卡的圖案設計集。那是好幾個插畫家共同參與製作的書，坂井圭子竟也名列其中（插畫功力絲毫沒有進步就是了）。書末附有參加者的地址和電話，我便試著和她聯絡。

「妳現在做什麼工作？」

她回答的公司名稱是個有名的電視台，還說她現在住在高輪。

和K碰面時，我提起坂井圭子的事。

「喔，她好像成了哪家電視台高層的情婦喔。她就是這種女人啦。」

站在「吉野家」前面，我懷念地想起坂井圭子住過的公寓。老師啊，我喃喃低語。

三宿這個地名並沒有明確的由來。有人說是因為這一帶地形較低，成為容易積水的地方，也就是「水宿」，再從這個字演變為「三宿」[1]，不過這個說法並未成為定論。

這附近在明治二十四年（一八九一年）時設立駒場兵營群，明治三十年（一八九七年）

1 日語中「水宿」與「三宿」發音相近。

時設立駒澤練兵場，明治三十二年（一八九九年）時又設立了駒澤兵營群，若忽略初期多多少少的交接與調動，這裡一直是大日本帝國陸軍一司令部與六部隊的駐地。因為這個緣故，據說從前從大橋到三軒茶屋這一帶，外面的大馬路上開了許多以住在營外的軍人及其家人為生意對象的商店。尤其是三宿、大橋一帶，甚至直接打著「陸軍御用」的招牌。軍帽、軍服、馬具及其他皮製品、軍刀、軍用圖書、下部隊時的伴手禮、軍隊淘汰不用的二手用品店，提供給入營前或來探親的人下榻的旅館也很多，是一條擁有其他地方罕見景

原本的公寓
現在已經
變成停車場
吉野屋
YOSHINOYA
坂井圭子（假名）曾經住在
這棟公寓裡

從馬路上
往裡面走一步
就進入了人們
質樸的生活
（三宿）

觀的特殊商店街。現在雖然也能多多少少看到幾家賣雜貨的商店，但是已經完全看不出當年的景況了。說起來，這一帶也是「干戈夢想的遺跡」吧。

在汽車廢氣中朝三軒茶屋方向走去，天漸漸黑了下來。肚子一餓才發現原來我還沒吃中飯。快到三軒茶屋的地方有一間叫做「豚辛子」的咖哩店，我在那裡吃了豬五花特製咖哩（九百日圓）。這間店的咖哩還算好吃，是我來這附近時的口袋名單之一。店內沒有餐桌，只有吧檯座。大概因為好一陣子沒來了，跑堂阿姨似乎完全忘了我（是沒關係啦）。我狼吞虎嚥，連甜點愛玉（用一種在台灣山裡採到的植物做的）果凍都吃了才離開。

過了昭和女子大學（短大）就進入三軒茶屋了。不知怎地我總覺得，昭和女子大的學生臉上似乎都寫著「其實人家本來想進的是青山學院」。

三軒茶屋是東急世田谷線的起迄站。這裡分成世田谷通和玉川通兩條路，環境相當熱鬧。分散四處的巷弄中有不少餐飲店，胡蘿蔔塔裡有劇場和連播兩部電影的電影院，聚集在此的年輕人也很多。江戶中期過後，江戶市民之間非常流行大山詣（夏天時信徒們身穿白衣手持搖鈴前往大山阿夫利神社參拜），最早走的路線是繞行世田谷新宿的道路，後來三軒茶屋和用賀之間的捷徑開通後，也有人轉而走這條路線。這兩條路線都被稱為大山道。三軒茶屋地名的由來，是因為路口有「信樂」（後來改為石橋屋）、田中屋和角屋三間茶屋之故。原本只是這個路口的俗稱（昭和七年十月一日東京市成立時，這一帶才隨著正式成為行政區域，並定名為「三軒茶屋町」）。不說不知道，昔日抄小路潛入江戶的坂本龍馬就曾住在「信樂」。此外，文明十八年七月（一四八六年），不知自己即將被謀殺的太田道灌，從江戶城前往相模糟屋（伊勢原市）主君上杉定正館邸時走的那條有去無回的路，也在這一帶。這麼說起來，這個區域的歷史還滿酷的。

一邊想著這些事，一邊在三軒茶屋街頭漫步。這裡有嗜好杯中物的大叔會喜歡的巷弄，也有以時下年輕人為對象的潮流街道。最有深度的餐飲街非「鈴蘭通」莫屬，到處都是令人想掀開門簾走進去的店。「美食藏在骯髒的店裡」，這是在山姆・畢京柏（Sam Peckinpah）導演的電影《賭命鴛鴦》（*The Getaway*）裡，反派角色魯迪（艾爾・勒堤里〔Al Lettier〕飾）說過的台詞。這一帶很多這種店。此外，也有「ECO仲見世」、「中道街」等商

道地咖哩店 豚辛子
啊餓肚子了
只要來這附近我總會去的「豚辛子」咖哩店
（三軒茶屋）
其實是一間澡堂莫名給人寺廟的感覺
「胡蘿蔔塔」裡面也有劇場
東急世田谷線的起迄站在其中一角

店街。「ECO仲見世」裡的花店店員很可愛，我在那裡買了馬拉巴栗的盆栽，手上提的重量又增加了。

　不知道是剛下班、出來玩，還是回家後又出來買東西，這一帶可看到不少年輕女性。不只如此，和在其他地方看到的女性不同，她們身上有一種難以言喻的特色，感覺像是已經做出某種決定。換句話說，她們多半已有對象。如果我猜的沒錯，她們肯定明年春天或三年內就要結婚了。即使沒有結婚計劃，一定也有一起生活的對象，或是經常來找她們的男人。就是

在「鈴蘭通」可以找到頗有深度的餐飲店
也有這樣的地方ECO仲見世
エコー仲見世
在這條街的入口買了馬拉巴栗

這種感覺。說得簡單一點（說得複雜一點也一樣啦），她們身上隱約散發出日常生活的種種味道。散發日常生活味的美女也是很不錯的唷，這是我的看法。

　神純子（假名）是銀座俱樂部「宴」的女公關。大我十五歲的表哥帶我去過這間俱樂部好多次，我在那裡認識了她。不愧是以成為女明星為目標的人，她不但身材好，臉

也長得很漂亮。好像也會去參加徵選會，不過她說自己每次都落選。她住的公寓就在三軒茶屋。我去了幾次俱樂部後，和她逐漸親密起來，經常搭計程車送她回家，還記得地址是上馬一丁目。

她有時會說「今天不行」，我也不是那種死纏爛打的人，只會說「喔，那下次見囉」。這樣的她，有一天突然從俱樂部消失了（連一句話都沒有留給我。不過，那也沒關係啦）。後來聽人家說，她和一個有名的高爾夫球選手交往過。那麼，她說「今天不行」的那些夜晚，大概就是那傢伙會去她家，或是已經等在她家的時候吧。現在回想起來，她的房間確實莫名有股日常生活的味道。我就這樣情不自禁想起神純子的事，都已經是好久以前，差不多三十年前的事了。

（三軒茶屋）
這條巷弄裡
有咖啡店和
章魚燒、
大阪燒的店

胡蘿蔔塔裡，世田谷大眾電影院附設的TRAM劇場正在演出以芥川龍之介《竹林中》為藍本的舞台劇《1945》。兩間電影院中，放映西洋電影的「三軒茶屋中央」播的是皮耶・沙瓦多利（Pierre Salvadori）導演的《巴黎拜金女》（*Priceless*），放映日本電影的「三軒茶屋劇院」上映的則是《放學後》和《沙漏》。我心想，現在這個電影院不斷消失的時代，三軒茶屋還真是了不起。經營者當然值得讚賞，但也表示這個地方還有不少死忠電影迷吧。

回到鈴蘭通，鑽進掛有「鰻魚、沙丁魚、山菜料理」門簾的料理店。門簾上還有中村吉右衛門丈、播磨屋的鳳蝶家徽。想起有次我在寫給吉右衛門丈的信上想嘗試畫上這個家徽，沒想到要畫出來還真不容易。順便一提，水丸家的家徽是三個圓

三軒茶屋的電影院
腳踏實地奮鬥著，真令人欣慰
映画は中劇
感覺真不錯

圈下加一橫線，想像成盤子上放著三個丸子就對了。

我吃沙丁脂眼鯡配生啤酒。走了這麼多路後的啤酒特別美味。說不定三軒茶屋是個適合啤酒的地方。不管怎麼說，我咕嘟咕嘟地喝乾啤酒，平常只會喝一杯啤酒的我，又點了第二杯。

「這是馬拉巴栗嗎？」

坐我隔壁的兩位結伴中年女性找我攀談。別看我這樣（哪樣？），中年女性可是我的強項。

「啊，是的，在那邊的ECO仲見世買的。」

「喔，是那裡啊。那裡的花很新鮮，不過老闆有點那個。」

看來她們兩位是三軒茶屋的居民。

「老闆有點那個是指哪個啊？」

「那個老闆很懶惰啊。」

兩人妳看看我、我看看妳，一副意有所指的樣子笑了起來。我一說「三軒茶屋有很多美女耶」，她們又笑著說：

「是不是？很多像我們這樣的美女吧？」

東急田園都市線三軒茶屋附近的玉川通對面，有一間氣派的澡堂叫「榮湯」，一位散發洗髮精香氣的妙齡美女從裡面走出來，快步離去。現在時間還這麼早，不到八點呢。我腦中浮現各種想像，哎呀，搞不好這只是三軒茶屋人的生活方式罷了。我決定這麼想。

2009年

「東京第一美女」日比谷、丸之內、銀座一帶

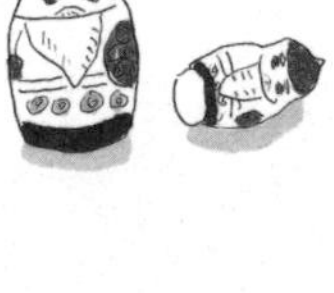

真正的寶物不在古董行或古物市集，而是在博物館。真正的好女人也不會在夜晚的澀谷或六本木閒晃，而是在家讀書聽音樂。我一直這麼認為。

順著這個主題，這次的美女散步就決定為日比谷到丸之內、銀座一帶。我想，東京第一的真正美女應該還是在這一區。

首先從地下鐵表參道站搭千代田線，在日比谷下車。爬上樓梯就是帝國飯店，我直奔每次來這裡都會光顧的雪茄賣場，買了「*David Grand Cru No. 3*」。東京都內有好幾間賣雪茄的店，我最喜歡這裡。穿黑色長褲套裝的女店員氣質高雅，是相當難得的美女。不愧是進駐帝國飯店的商店，不會用那種輕浮俗氣的店員。這是很重要的事。

說到日比谷這地方的地名，據說「日比」兩字來自養殖海苔時，為了讓孢子或胚子附著在網子上，必須在淺灘上豎起的竹子或細枝束。這叫做「篊」，也成為日比谷名

稱的由來[1]。知道這個典故時，不禁感到很有道理，眼前瞬間浮現海邊寒村四處豎著「篊」的風景。德川家康剛入江戶時，這一帶的風景一定就是那樣的吧。「日比谷」，其實就是「篊之谷」。

大家都知道我買雪茄的帝國飯店在成為現在這棟建築之前，原本那棟舊建築是法蘭克・洛伊・萊特（Frank Lloyd Wright）的設計。我還在電通製作廣告的時代，曾有好幾年負責舊帝國飯店的案子。那時經常早上到這裡的喫茶室喝咖啡、吃吐司。微暗的照明令我印象深刻。

從「斯卡拉座」和「寶塚劇場」前往丸之內方向走。從前「御幸座」的地方現在變成新的表演劇場「日比谷創造劇院」了。這家劇院於二〇〇七年十一月開幕，喜歡看戲的我已經去過好多次了。

我認為現在支撐戲劇界的應該是妙齡女性吧。會這麼說是因為每次去看戲時，劇場觀眾裡總是有許多年輕女性。她們都滿會打扮的，長相也不差，有她們吸引人的地方。我一星期大概會去看一齣戲，但是大部分都很無聊。儘管有太多令人忍不住希望別再演

1 日語中「篊」的發音和「日比」相同。

下去的戲，她們還是目不轉睛地盯著舞台。大概是M的血液支配了劇場中的她們吧。欣賞她們不屈不撓的模樣，比看戲有意思多了。

斯卡拉座前新落成的
創造劇院步道（日比谷）

過去的日比谷電影院現在已經變成一棟時尚大樓

電影街廣場上的
哥吉拉像

我走到立著哥吉拉像的廣場上。附近有「吟誦者戲院」等電影院，我經常在這裡看電影。柯恩兄弟（Coen brothers）的《險路勿近》（*No Country for Old Men*）和丹尼爾．戴．路易斯（Daniel Day-Lewis）的《黑金企業》（*There Will Be Blood*）都是在這裡看的。這個電影院播的電影都很好。

沿著晴海通，不往MULLION的方向而是往丸之內的仲通走。出了晴海通之後，左手邊有雙子塔大樓。這棟大樓的九樓開了不少餐廳，以前的女明星入江若葉的丈夫小林先生經營的豬排店「豚亭」也在這裡。入江若葉小姐在內田吐夢導演的《宮本武藏》系列（中村錦之助主演）中飾演阿通。我和評論家川本三郎先生對她扮演的阿通讚不絕口，這件事被傳到某電影

安西水丸也常常去

雜誌社，實現了我們三人的對談專訪。我和川本先生的喜悅不言可喻。因為這件事，我也和入江小姐熟稔起來。我經常一個人跑去「豚亭」吃東西（而且還挑快打烊的時間）。和她聊天的時光總是很愉快。

一九八六年入江若葉小姐創辦了專演古裝劇的「江戶組」劇團。劇團前後持續了十年，從創立到結束為止，劇團的海報設計和插畫一直由我負責。

就算被人說不知天高地厚，我也無法反駁，畢竟劇團第三次公演劇目的山本周五郎《夜之辛夷》，腳本竟然是我寫的。因為原訂擔任導演與腳本的人身體不適，入江小姐便來拜託我接下這個任務。一開始我堅持拒絕，最後還是接受了。不但接下改寫腳本的工作，連導演的工作都一起接了。

這裡也是山手線高架下，有復古懷舊的居酒屋和大眾食堂

這一帶很受外國觀光客歡迎

《夜之辛夷》的故事背景是舊市街裡的風月場所。排演時，演員們全部穿著浴衣上場，那實在是相當嬌媚的光景。每演完一幕，演員們都會來問身為導演的我意見。

「導演，您覺得怎麼樣？」

入江小姐演的是風月場所的女人。還有另外一位女演員，沒記錯的話名字應該是中條鄉子小姐，她會在結束每一幕的排練後正襟危坐地問我自己演得如何。她也是一位相當性感的女演員。

毫無疑問的，入江若葉小姐絕對是昭和時代具有代表性的美女演員之一。她出身貴族世家，是東坊城家的入江貴子小姐的獨生女。

《宮本武藏》的阿通是她的出道作品，聽說是在內田吐夢導演的極力說服下才決定進入電影圈。

從雙子塔大樓旁走過，腦中浮現「江戶組」演的戲，想著入江若葉小姐的事。

走在丸之內仲通上，正逢下班時間，粉領族們帶著適度的疲勞感從各處冒出來。感覺真是相當不錯。這附近的女性果然有氣質，穿的衣服也是好東西。相較之下，在澀谷或原宿出沒的女人真是不值一提。為什麼說有氣質是好事呢？因為可以享受幻想她們私下淫亂模樣的樂趣啊。我這到底是什麼個性啊，真是沒救。可是話說回來，白天與夜晚的落差也是女人的魅力之一。不管怎麼說，我就是熱愛幻想的自由。再說，幻想和做白日夢一樣，都是一種免費的樂趣。

走著走著，可以看見「昴座」招牌上的字了。我有時也會來這裡看電影。從前這附近（靠有樂町、日比谷這一邊）的道路盡頭有一片廣場，還有一道寬敞的石階，散發奇異的氛圍。爬上階梯後有兩間爵士喫茶店，一間叫「歐珀」，一間叫「媽媽」（印象中還有一間叫「白鳥」的）。這片廣場通常被稱為昴街，我經常來這裡聽爵士樂。雖然現在已經看不出一絲當年的風貌了，散發駐軍氣氛的昴街有一種詭異的感覺，我很喜歡。

我又去了東京交通會館，逛逛來自各地的物產展，順便看看來物色晚餐食材的女性們。街上的超市是阿姨們的天下，這種地方則是妙齡女性居多。女人拿取食材的手非常性感，這是為誰而買的食材呢？我又開始想那些與我無關的事了。

東京交通會館前就是有樂町車站。原先的「有樂町SOGO」（村野藤吾設計）現在已經變成「Big Camera」了。永井法蘭克充滿低音魅力的暢銷名曲〈相逢有樂町〉原本是「有樂町SOGO」的廣告歌。這首歌將有樂町的報社街形象扭轉為屬於戀人的街道，並成為暢銷金曲。直到現在，有時我還會想哼唱這首歌。

昴座周遭已經變得完全不一樣了

永井法蘭克在一九八五年時因為情婦問題曾企圖自殺，雖然撿回一條命，之後卻一直受後遺症所苦，必須持續復健。去年（二〇〇八年）十月二十七日過世了（滿七十六歲）。

有樂町這個地名的由來眾所皆知，因為這裡曾是織田信長的弟弟織田有樂齋長益宅邸所在之地。江戶時代，有樂町車站南側（Big Camera的反側）有個「南町奉行所」，也是那位有名的大岡越前守忠相執行公務之處。

隨意閒晃之餘，在「東京國際會議中心」裡迷了路。這棟建築經常舉行各種活動，總之是個容易迷路的地方。

我走進賣雜貨小東西的「會議中心藝術商店」，架子上放著好幾種聖誕老人造型的俄羅斯人偶。

「可以拿這個起來看嗎？」

名建築「有樂町SOGO」已經變成「Big Camera」

「可以的，請別客氣自己拿。」

胸口別著「新美」（假名）名牌的女店員是個水準很高的美女。未經同意就伸手去拿店內陳列商品是日本人的壞習慣。我對其中一組聖誕老人造型的俄羅斯人偶情有獨鍾，決定掏錢買下。這時，我注意到牆上貼著用布做成的俄羅斯人偶。

「這也是販賣的商品嗎？」

「不，這不是。」

「這樣啊，可是很漂亮呢。」

「不嫌棄的話，可以送給您。」

原來那是她親手做的，我就不客氣地收下了。

「是這樣的，因為我是插畫家所以才敢這麼說，妳真的很有品味。」

至少得把這話告訴她，總之我說了。

「真的嗎？太高興了。」

坦然表達喜悅的她非常有魅力。不愧是丸之內。下次來的時候，帶我自己的繪本當禮物送她吧。

到銀座時天已經黑了，使得走在路上的女性更添一層魅力。走在銀座街道上，總覺得這裡的天花板特別高，不像走在澀谷或新宿街道上時，老是有種快被壓扁的感覺。這裡的女性們穿著打扮也很有品格，很棒。可惜的是近來外國高級名牌店氾濫，帶有老銀座風味的店都消失了。

銀座過去是德川幕府的銀幣鑄造所（日文就叫銀座）。全國各地都有名為銀座通的商店街，只有東京的銀座與眾不同。這也是銀座人的自豪。我走到「松屋百貨」前，這棟百貨公司是我有生以來第一次打工的地方。當時我大學一年級，正確來說做的是貨運公司的工作，內容是將輸送帶上的歲末贈禮商品分門別類。打工的學生中也有相當惡劣的傢伙，有些人甚至還將高價的威士忌占為己有。

我經常在休息時間跑到書籍賣場站著看書。沒記錯的話應該在七樓或八樓。

在「會議中心藝術商店」買的俄羅斯人偶
裡面還有兩個
新美小姐送我的布製俄羅斯人偶

秋山直子（假名）是一位常到我打工倉庫來辦事的外商部員工。她很適合穿制服，是一位美女，我們很快地發展成經常聊天的關係。她比當時十九歲的我大八歲。

「唷，大姐姐來了喔。」

K大四年級的伊藤（這傢伙最惡劣）經常這麼調侃我。

「我說你啊，不好好明白她的心意可不行喔。我告訴你哪裡有不錯的賓館吧？」

伊藤連這種話都說了。

不管怎麼說，我在這第一次的打工經驗中學到許多。也不算順便一提，總之在此說明一下打工的原因吧。那年秋天我看了卡羅・理察尼（Carlo Lizzani）導演的電影《骯髒的英雄》，主角傑拉爾・布朗（Gérard Blain）穿了一件排扣大衣，我也想要買一件。現在這種大衣到處都能買到，當年的東京卻不好找。我在那時大受歡迎的品牌「VAN」找到一件類似款，為了買那件外套才開始打工。

也把這件事告訴了秋山直子。

「真可愛。」

她笑著這麼說。現在回想起來，我只不過是這種程度的大學生。

雖然想寫更多關於她的事，但得加快腳步了，只好就此打住。總之銀座「松屋百貨」對我而言，是一個擁有這段回憶的地方。

往索尼大樓的方向走。還比較年輕的時候，聖誕節時期整棟大樓的牆面上都是我畫的插畫。對插畫家來說，也算實現了一個夢想。

索尼大樓前有很多看似正在等男友（也可能不是男友）粉領族美女。她們和在下北澤等男人的女人果然大不相同。我沿著舊電通通往新橋方向走。剛進公司還是個菜鳥時，「電通」的辦公室還在銀座。這是一條不管什麼時候來都令我懷念不已的路。

令人懷念的銀座速寫
日劇會舉辦洛卡比里2大會等各種各樣的活動
看到舞台了
我曾經任職的廣告公司辦公室就在這附近
全線座
因廣播劇《請問芳名》聞名的數寄屋橋
正在這裡約會的水丸
汐留川邊的「銀座全線座」

2 Rockabilly，五〇年代流行的鄉村音樂融合藍調的音樂類型。

從三宅坂到九段下一帶

上高中之後，我每天搭從澀谷出發，往神田須田町的十號都營電車通學。高中讀的是位於九段上的私立高中，搭車的車站是赤坂表町（現在的赤坂七丁目）。前面就是草月會館。

我偷偷稱這班十號都營電車為「美少女電車」。總而言之，有很多女子高中集中在三番町到九段上這段區間，馳騁的電車每天載滿了來自這些學校的女孩們。車內充滿女生身上散發的那種……該如何形容那種味道才好呢？若容我擅自形容的話，就像剛開始在口中融化的糖球（孩提時代經常在零食店買的那種）滋味。

我就是搭著這樣的電車通學。對了，那些女校的名字是女子學院、千代田女學園、大妻高校、白百合學園、嘉悅女子高校、和洋九段女子高校。隨便寫寫就有這麼多了。

在電車上時，與其說不知道該把目光放在哪裡，不如說不管往哪裡看都會和女生四目交接。不得已的我只好總是望向窗外。

帶著這樣的回憶，這次的美女散步路線便決定從可以俯瞰皇居櫻田濠的三宅坂出發，途經半藏門，往千鳥淵及九段方向走。雖然不比銀座等熱鬧繁華的地區，這一帶在東京也稱得上是高雅的名流地段。

從櫻田濠看過去的警視廳和最高法院一樣都由岡田新一設計
直升機

從平河町附近往櫻田濠方向走下斜坡。左眼前是雄偉壯觀的最高法院。這座以巨大石塊堆砌的建築物於昭和四十九年（一九七四年）三月竣工。設計者是曾經設計警視廳本部廳舍等硬派作品的岡田新一。可惜我沒有進去過。一位熟識的女平面設計師曾為武藏野市的某廣告公司設計手冊，對方卻將印刷失誤的責任推到她身上，她也因此吃上官司。

為了這件事，她跑了整整兩年的最高法院，最後獲得勝訴。那時她才三十出頭，真的非常了不起。畢竟光是進入這棟建築就會給人很大的心理壓力吧。話說回來，因為看對方年輕又是女人就四處找碴的害蟲公司從來也沒少過。看到最高法院，令我不由得想起她那女人味十足的長相與那段勞心勞力的時光。

要從三宅坂轉往半藏門的地方，立著彷彿正俯瞰櫻田濠的三裸婦雕像。這座雕像是日本電報通信社為了紀念對廣告產業發展的貢獻而於昭和二十六年五月（一九五一年）設立的，這間公司正是如今成為世界頂尖廣告公司的「電通」。毫不避諱（其實也沒有任何需要避諱）地說，我在一九六五年進入電通工作，新進員工教育訓練的內容之一，就是來參觀這座雕像。

我想應該很多人沒發現，這座三裸婦雕像後方還有一塊「渡邊崋山誕生地」的直立招牌，從招牌的角度望去，簡直就像在仰望她們三人的臀部。崋山是幕府末期的文人畫家，也是西洋學家，寬政五年（一七九三年）生於這一帶的三河田原藩的三宅備前守藩邸內。一生中大部分的時間都在這裡度過。

崋山擅長運用西洋繪畫的陰影法與遠近法，他最知名的作品是收藏在東京國立博物館中的《鷹見泉石像》。說件無聊的小事，其實我和這位渡邊崋山先生之間還有點小小的淵源。原來我父親非常喜歡這位畫家的畫，崋山的通稱是「登」，這似乎就是我的

宛如積木工藝的
最高法院建築，
昭和三〇年代
這一帶曾經有
美駐軍的軍舍
位於三宅坂的
三裸婦雕像
渡邊崋山誕生地的
招牌就在下方
從這裡望過去就像
在窺看她們的臀部

名字由來（我的本名叫渡邊昇）[1]。父親在我幼時便已離世，聽祖母說父親認為直接用「登」字為我取名，對偉大的畫家太過不敬，於是選了同音的「昇」。

渡邊崋山因遭蠻社之獄牽連而自殺。約莫八年前，我到渥美半島旅行時，站在位於田原的崋山墓前，看到墓碑上寫的名字是「崋山渡邊登」，心裡覺得有點高興。大概到我上高中為止，老師點名的時候只要一叫到我的名字就會說：

「渡邊昇，喔，是崋山呢。」

現在已經沒有這樣的老師了吧。

沿著櫻田濠往半藏門方向走。這天正好遇到市民馬拉松大賽，男男女女從我前方跑來，與我擦身而過。這樣的大賽果然還是看不到老人家，不過從中年人到年輕人都有，男男女女有的分散有的聚集在一塊，一起向前跑。其實我並不欣賞跑馬拉松時的女性，沒想到其中有許多令人眼睛為之一亮的美女。看臉是一定要的，悲哀的是目光還是忍不住會朝搖晃的胸部望去。噯，這個真的是沒辦法啦。

最高法院與國立劇場這一帶已屬於隼町。町名的由來似乎是德川家康進入關東時，指派了許多鷹匠住在這附近的關係。當我還是個高中生，每天搭著搖擺的美女電車通學時，這附近還有充當駐紮美軍士兵宿舍的魚板狀公寓，從車窗望出去，每每能看見隨風飄揚的星條旗。附帶一提，半藏門這個地名來自主導「伊賀同心組」的服部半藏正成。據說他的宅邸就在隼町一帶。

這樣啊
站在半藏門的水丸
只能到這裡，不能再進去了

渡邊崋山的作品中最知名的《鷹見泉石像》
水丸

過了半藏門，右手邊就是半藏濠。每逢櫻花季，這裡就會擠滿賞花的遊客。搭都電通學那幾年，只要在櫻花季節打開車窗，飛進車內的櫻花花瓣沾在女生制服肩膀上，看起來總有那麼點青春偶像劇的感覺。

第一次遇見中原睦緒（只有姓氏是

1 日語中「登」與「昇」用在人名時讀音相同。

假名），是在青山一丁目一隅的小書店。雖然這麼說可能很多人不會當真，但那個地方後來蓋了本田技研的總公司大樓。

中原睦緒是大妻高校三年級的學生，換句話說比我大兩歲。我們經常搭同個時間的通學電車，又不時在書店碰面，漸漸地發展成會找彼此聊天的交情。聽說她那像男人一樣的名字是在某家電廠商擔任董事的祖父取的。她的身高大概一百五十七公分，和那雙豁達隨性的眼神很不搭。她的嘴唇長得很像現在當紅的女明星史嘉蕾・喬韓森（Scarlett Johansson）。不幸的是，我天生對女性的嘴唇沒轍，再加上知道她在學校參加的是美術社，立刻就迷上她。

她招待我到位於青山南町二丁目（現在的青山二丁目）家中玩時，我的心臟簡直差點炸裂。大她三歲的姊姊端著紅茶和蛋糕出現在待客室，那美貌更是令我大吃一驚。

內衣知名品牌華歌爾
公司大樓也在半藏門，
不知道有沒有試衣間

「聽說渡邊（我的本名）同學也會畫圖呢。不像小睦（她是這麼稱呼的）這傢伙，明明沒有才能還加入什麼美術社。」

被姊姊這麼調侃，不開心地嘟起嘴的中原睦緒可愛得難以言喻。

放學後，我和她經常約在三番町的巴士站，有時去千鳥淵散步，有時划船。租船費每次都是她付的。我穿學生制服，她穿水手服，這樣的我們看起來簡直就是不良情侶。有些其他學校的傢伙看我們不順眼，故意朝小船丟石頭。危急中我拚命划槳，朝北之丸公園的方向逃逸。

千鳥淵以櫻花聞名，不過我只和她在花下散步過一次。因為她父親調職到大阪，她也上了京都的大學。

我和大學開學典禮前幾天回到東京的她一起賞了千鳥淵的夜櫻。那是個寒冷的夜晚，我們混在大人堆裡，在滿樹盛開的櫻花下依偎著散步。現在回想起來，那肯定是她對一臉消沉的我竭盡全力發揮的母性本能。

從英國大使館前走到有這段青澀回憶的千鳥淵，先對戰歿者墓苑敬禮，再走進靖國神社。穿過大鳥居下方，前方高塔上豎立著日本陸軍創立者大村益次郎的銅像。我想起曾聽祖母說過，這座銅像正好凝視著上野的西鄉隆盛銅像。

在這座如今爭議不斷的神社中，合祀著明治維新之後在戰爭中或為國殉職的兩百五十多萬個靈魂。神社原本就擁有為數不少的觀光客，星期天還會舉辦古董市集，莫名散發一股和平的氛圍。在人群中，我還看見手持日之丸國旗，身穿太平洋戰爭時代軍服的角色扮演玩家。

負責這個連載的責任編輯今井，他的父親在太平洋戰爭時那場威鎮敵軍的零戰中擔任飛行員。今井說他還記得小時候，父親牽著他的手到靖國神社做新年參拜的事。這樣

的父親，卻從某個時期開始，突然不再去靖國神社了。照今井的說法，那正好是A級戰犯也開始進入靖國神社合祀的時期。或許對他的父親來說，那是為了表達對攜手奮戰而死去的夥伴們強烈的緬懷之情。

附帶一提，今井的父親因為在空戰中負傷住院治療，戰爭正好就在這時結束。從現在今井的性格來看，我似乎能理解他的父親對此感到多麼遺憾。如果他當時開著特攻飛機撞上敵艦壯烈犧牲，現在就不會有今井的存在了。這是很有可能發生的事。

像這樣寫著靖國神社的事，我忽然不經意地想起在後樂園劍道道場認識的川口夏美（假名）。她擁有身高一百六十五公分的高䠷體型，是位非常適合穿白色刺繡棉布練習服的美女，我對她十分著迷。因為幼年時期學過劍道，那陣子我正好產生想重拾劍道練習的心情。那年秋天，她是法政大學三年級的學生，而我高二。我只和她比試過一次，不知天高地厚的我高舉竹刀想施展上段攻擊，反遭她以犀利的一招擊中身體左側，嚇得差點停止心跳。比試結束後拿下防具（面具）時，她那英姿煥發的面容簡直難以筆墨形容。

川口夏美的父親戰死於硫磺島。他父親總共兄弟三人，三人都戰死沙場，這種事已經超越悲慘，只能說是悲慟。

「小學時，父親的昔日戰友來家裡拜訪。我坐在母親身邊聽他們說話，聽到父親被機關槍掃射倒地的事。年紀還小的我不明白那是什麼意思，只是永遠無法忘記母親眼中流下的眼淚。」

我曾聽她說過這些事。除了劍道練功的時間，平常的她是個非常溫柔的大姊姊，經

從三宅坂到半藏門
成排的長條魚板型
美軍士兵宿舍

北齋畫的
九段坂風光
水丸

靖國神社大燈籠上
雕刻著
炸彈三勇士的故事
值得一見

常請我到法政大學附近的甜食店吃冰淇淋紅豆餡蜜。

夏美的母親在小學六年級時再婚，嫁給埼玉縣富有的木材商人。她的母親一定是個美人吧。繼父有兩個兒子，聽說兩位繼兄都非常疼愛夏美。她一個人住在江戶川橋一棟以當時來說豪華得教人難以想像的鋼筋水泥公寓，經常邀我去玩。她喜歡做菜，其中尤以咖哩飯特別好吃。至於其他的事嘛，我就不寫在這裡了。

我在土產店買了旭日旗的別針，然後才走出靖國神社。走在白百合學園前的馬路上，從和洋九段女子高中與都立九段高校中間穿過，走進築土神社參拜。這間夾在高樓大廈中的神社以除厄靈驗而聞名。

走到九段會館，這後面有一個稱為牛淵的護城河。我在紐約工作時，同事薩爾巴多雷曾給我看一張照片。

「這就是軍人會館。」

我不認識照片中的建築。回國之後才知道那就是現在的九段會館。聽說他曾以駐紮美軍宣傳員的身分在這棟建築裡負責畫海報。九段會館旁有昭和館，其中展示著昭和歷史的清楚資料，是一棟氣派的建築。

這裡很快就要開滿櫻花了吧。真懷念當年的美少女電車。

曾是狗屋町的中野、高圓寺一帶

小時候看大相撲時，我支持的是出羽海部屋，最喜歡擅長「突張」技巧的千代之山（第四十一代橫綱，從出羽一門獨立後創立了九重部屋）。

學校下課時間大家也會玩相撲遊戲，不過我是只有在別人找我玩時才會無可奈何地加入。因為喜歡畫畫，也曾自己製作相撲百科，所以對相撲招式和技巧還算精通。說到自己的話，大概比較擅長「二枚蹴」或「二丁投」之類的招式吧。話雖如此，聽到來日本時才第一次觀賞大相撲的尚．考克多（Jean Cocteau）用「平衡感的奇蹟」來形容相撲時，還是不免大吃一驚。原本以為不過是區區考克多，沒想到還真不能小看他。

在相撲力士的地位中，我最喜歡的不是橫綱也不是大關，而是關脇。「名關脇」這個詞彙聽起來多帥氣啊。我上中學、高中那段時期，相撲界出了很多配得上「名關脇」稱號的關取。比方說時津山、鶴嶺、信夫山、安念山等等，都是很出色的相撲力士。

因此（前言說得太長了），這次美女散步的地點，便決定為以繁華區來說，地位相當於關脇的ＪＲ中央線中野、高圓寺周邊地帶。

第一個下車站是ＪＲ的東中野站。沿著冰川神社後方參道往前進，走到山手通（環狀六號線）上。橫過馬路，走進東中野銀座通，直接往下走可以從早稻田通出來。這一帶寺院密集，形成了一個寺町。我的目的地是早稻田通對面那排東西向分布的寺院中最東邊的「正見寺」（往上高田四丁目方向去的橫路轉角）。為什麼要來這裡呢，因為聽說江戶第一美女笠森阿仙的墳墓就在這裡。

東中野站風景
有幾個還稱不上美女的年輕美眉

寫些關於阿仙的事吧。

阿仙是在上野谷中感心寺境內笠森稻荷門前開茶水店的鍵屋五兵衛的女兒。據說她是明和年間（一七六四～一七七二年）江戶三美女中最美的女人（其他兩位不知道是誰），聲名遠播，屢屢出現在當時的流行歌、肖像畫中，甚至成為「生人形」[1]或戲劇、狂言的題材。連稻荷神社都因她而馳名。

通常這種美女，似乎容易因為長得美而一生不幸，意外的是，這位阿仙嫁給幕府御庭番[2]倉地政之助後家庭圓滿，成為稱職的武人之妻，為丈夫生了九個孩子（其中一人還出人頭地當上了近江守）。文政十年（一八二七年）一月二十九日以七十七歲高齡辭世。

這麼說來，那個叫倉地政之助的御庭番應該是個好傢伙吧。生了九個孩子呢，他一定是個好傢伙沒錯。

既然號稱美女散步，怎能不向江戶第一美女表達敬意呢。我在阿仙墓前獻花，雙手合十。

在寺院林立的早稻田通攔了計程車，往中野方向前進。到中野車站北口下車，只見眼前人潮洶湧，既沒有美女也沒有醜女。從車站附近往中野百老匯的中野 Sun Mall 商店街上好多人，男女老幼都有。Sun Mall 右側有狸小路，以及賣比較高級商品的一番街，還有二番街、三番街，每條路上都有不少餐飲店。

走在與Sun Mall平行的中野交流之路上，忽然想起在廣告公司工作時一位很疼我的

竹地文（假名）小姐。我剛進那間公司時分發到國際廣告部，過著每天泡在英語裡的日子。在那個部門工作了兩年，差不多想辭職的時候，正好調動到國內的創意室。心想好不容易進了這間公司，至少要看到送到家裡的報紙上刊登自己製作的廣告，於是決定再忍耐一陣子。這時和我同屬創意室的竹地文負責寫文案，在各方面都很關照我。當年我二十五歲，她大概三十歲左右。體型就像日活電影[3]中會

1 江戶後期到明治時代的仿真人形創作，類似現代的蠟像。

2 類似間諜、密探的職務。

3 七〇年代製作了大量成人電影，此類電影被稱為「粉紅色電影」。

出現的那種健美女星，加上大姐頭的性格，以文案寫手來說，是很適合陪酒工作的類型。在公司裡也給人「有各種難言之隱」的感覺，只是不管怎麼說，她都對我很親切，自己手上客戶的設計案幾乎都會交給我做。

「喂，剛才竹地文來找你喔。」

外出辦事回公司時，同事經常這麼跟我說。她也會約我一起吃中飯，晚上帶我去各種地方玩。

她總是會帶我去的地方之一，就是開在中野交流之路上的某間壽司店。店名我已經忘了，只隱約記得店內雜亂擁擠。

竹地文開車通勤，吃完壽司後會開車送我回當時住的井之頭公園附近的家。

某個夜晚，她將車停在穿過公園的路上，那是個下著傾盆大雨的夜晚。

「渡邊（我的本名），你覺得我怎麼樣？」

事出突然，我一時之間也不知該如何回答才好。

「我覺得妳人很好。」

於是我脫口而出了這種蠢話。話說回來，這樣回答也好，畢竟我已經結婚，就算真的和她外遇，也只會在空虛中結束彼此的關係吧。不過，現在回頭想想還是有點遺憾，真想試試把頭埋在她那看似就要撐破衣服的胸口啊。說不定對方也這麼希望。

橫過三番街，從Sun Mall往中野百老匯前進。

中野有名的「中野Sun Mall」
後面就是「中野百老匯」

接下來要說的和美女散步有點無關，但我想稍微提一提我的朋友，也是作家百瀨博教的事。他曾因為非法持有槍枝遭逮捕，過了六年的牢獄生活。

我在剛進一九九〇年代不久時結識百瀨先生，到他去年一月突然過世為止，一直單方面受到他許多照顧。

百瀨先生在保釋期間，因為擔心生病的母親而逃亡，最後在中野Sun Mall路上被逮補。

當時百瀨先生在Sun Mall上邂逅了一個不錯的女人，正邀對方上喫茶店坐坐時，兩名刑警上前盤問。這件事我從他口中直接聽過好幾次，以下這段則是引用自他的著作《不良筆記》：

對一頭霧水，不知所措的女人說聲再見，我站起身下樓。逃出店外時，穿雨衣的男人死命抓住我的西裝，我出手將他撂倒。壓住倒地的男人脖子，將他纏上來的腿踢開，男人以近乎痛快的氣勢飛了出去。

「展開楔型隊形！」

在店外待命的制服員警們從四面八方撲上來，抓住我的身體。

「摔倒他、摔倒他！」

爭執之間，一陣劇痛竄過左腿。身手矯健的員警之一，不知何時用繩圈套上我的左腳踝，奮力一拉，我的左腳踝就此騰空，整個人摔倒在地。

簡直就是電影場景。

這樣的百瀨先生，曾有一次邀我一起去中野百老匯。就那麼一次。

「這裡都變了啊。」

從Sun Mall走向中野百老匯時，百瀨先生說的這句話在腦海中復甦。

中野百老匯可以說是阿宅的殿堂。我也一樣，一旦走進去，要出來可不容易。在「Mandarake中野店・特別館」裡灑了不少錢啊。這天也去了「帕皮耶」[4]，買了馬納哈（Milo Manara）的畫集。馬納哈畫的女人，那股騷勁真是魅力無法擋。

雖然沒遇到值得一提的美女，中野百老匯真可說是「迷你秋葉原」，或說是一座「次文化之城」。莫名其妙的是，裡面竟然還有內科、耳鼻喉科、眼科、牙科、皮膚科和泌尿科等醫院。如果仔細逛的話，可以盡情徜徉其中一整天，這麼說沒錯吧。

走到中野通上，可以看到中野SunPlaza、中野區役所、NTT DOCOMO等建築。這一帶到最近都還稱為圍町，江戶時代蓋了很多收容流浪犬的狗屋。

江戶五代將軍綱吉曾頒布非常驚人的「生類憐憫令」。那是貞享二年（一六八五年）

4　Papier是一間法國漫畫與歐洲雜貨專賣店，最初引進Bande Dessinée（通稱BD）風格的漫畫，於日本東北大地震同年底歇業。

時的事。

雖然是大家耳熟能詳的歷史，在此還是略為一提。

綱吉的嫡子德松五歲時病死，之後他便一直沒能生下繼承的子嗣。綱吉生母桂昌院又正好是個對任何事都懷抱虔誠信仰的女人，她皈依的寺院裡有個叫隆光的僧人，說了這樣的話：

「這是前世殺生太多導致的罪業。若想消除這個罪業，必須禁止天下人殺生。將軍屬狗，只要珍惜犬類，就能為往後生涯帶來幸運。」

綱吉也盲目地相信了這番話。

不管怎樣都顯眼的
中野 SunPlaza
總是在此獻唱的
美聲青年（加油喔！）

這道法令逐漸變本加厲，到最後甚至製作了犬帳簿，發放養育金，獎勵愛犬人。過不久，愛護的對象除了狗之外更遍及鳥獸魚類，違反生類憐憫令者往往遭處死刑或流放孤島等刑罰，真是太過分了。我天性怕狗，要是生在那個時代，恐怕難免遭到酷刑或入獄的下場。

因此（或理所當然的），人們開始討厭養狗，江戶城裡到處都是流浪狗。為了收容這些流浪狗，四谷、內藤新宿和東大久保等地都蓋收容狗屋。即使如此還是收容不完，最後幕府把腦筋動到中野身上。這裡的狗屋稱為「御圍」，聽說收容了超過一萬隻狗。

寶永六年（一七〇九年）綱吉辭世，六代將軍家宣甫上任便廢除了這道法令。同時也廢除了狗屋與狗的養育金制度。

看到中野區役所正面玄關右側有一塊中野史蹟碑，我便上前一讀。

本地以江戶初期將軍及大名獵鷹之地聞名，五代將軍綱吉頒布「生類憐憫令」，設立眾多狗屋，加以飼育……

才讀到這裡，不由得背脊一陣發涼。就算自己在腦中把狗屋換成美女窩也不行，看來今天晚上要做惡夢了。

乘JR中央線往西搭一站到高圓寺，從北口出來。沒記錯的話，眼前的「高圓寺純

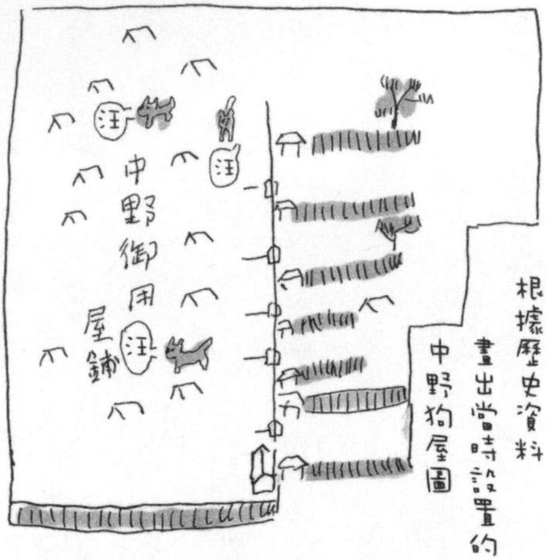
根據歷史資料
畫出當時設置的
中野狗屋圖
中野御用屋鋪
汪
汪
汪

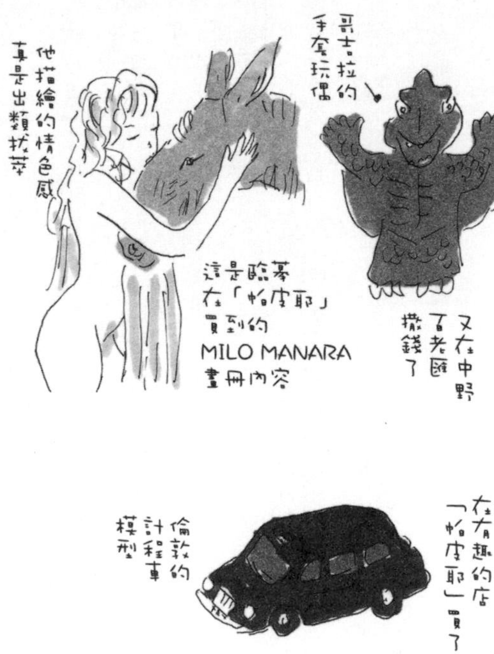
他描繪的情色感
真是出類拔萃
這是臨摹
在「帕度耶」
買到的
MILO MANARA
畫冊內容
哥吉拉的
手套玩偶
又在中野
百老匯
撒錢了
在有趣的店
「帕度耶」買了
倫敦的
計程車
模型

情商店街」原本應為「高圓寺銀座商店街」，後來跟著禰寢正一先生獲得直木賞的作品《高圓寺純情商店街》改名。

這條商店街怎麼看都是一條投附近居民所好的商店街。逛了中央線旁的舊書店「都丸書店」後，車站南口外就是長長一條高圓寺PAL商店街。這條街一直通到地下鐵丸之內線的新高圓寺車站。

走在高圓寺的商店街，想起我曾為禰寢正一先生的作品《放鴿子飛翔的日子》文庫本撰寫解說的事。

主角聰是個小學四年級的男孩，他的父親是日式甜點師傅，能幹的母親是父親的好幫手。阿姨的女兒蜜子因為一場意外失去父親，搬來和他們一家人一起生活。

從父親那裡聽到必須和蜜子一起生活時，聰表現出抗拒的態度。這部分的他是很老實的，此時斥責兒子的父親則非常有男子氣概。

「聰，你這傢伙真是沒用。」

父親不但對兒子破口大罵，還揍了他一頓。那個時代還有這種充滿威嚴的父親。

書中最後一幕描寫父親帶著聰、阿姨的女兒蜜子及她的妹妹，四個人一起去剛落成的東京鐵塔，從那裡看見飛過夕陽下的鴿子。那一幕非常感人。

我在解說中寫道，說不定這位努力不懈的少女（蜜子）長大後會成為一位護士。文庫本出版後，我收到禰寢先生的來信，證實了這個說法，令我大吃一驚。

高圓寺純情商店街入口
（何謂純情？）
在中野、高圓寺看到的
時下辣妹
我討厭內搭褲
MAX
專賣學術書籍的
舊書店「都丸書店」
旁邊有很多特種行業

從新宿二丁目到歌舞伎町一帶

站在我出生長大的老家（赤坂）門前，前方正好是新宿，右邊是銀座，左邊是澀谷。或許只有我會這樣也說不定，就是雖然會往左右兩側移動，卻幾乎不會往前。我還曾想過說不定人類的行動就是這樣的。小時候經常到銀座和澀谷玩，在上高中之前卻幾乎沒去過新宿。

第一次去新宿，是上高中後的那個初夏，去班上同學山崎家玩。我按照他說的，走上KOMA劇場[1]後面的斜坡，很快就找到他家了。因為聽說他家經營旅館，我便大大方方地穿過那道和風大門，不料一位穿紫色和服的女性出來接應，把我嚇了一大跳。原來山崎家開的旅館，用今天的話來說就是愛情賓館。真是不堪回首的記憶。

這次的美女散步地點，就決定在這樣的新宿。

搭地下鐵丸之內線在新宿御苑前站下車，走入向晚時分的新宿二丁目。現在的我雖

擺在同志情趣用品店中的繩縛人偶
正要喝果汁的K產業粉領族
很有現代感的土耳其浴大樓
TALENT
走在新宿二丁目的情侶
應該是那個圈子的吧

然經常在新宿混，唯有二丁目這一帶還是很不熟悉。在平凡社工作時，二丁目有很多編輯人喜歡去的酒吧和小酒館，不過現在這一帶已經變成世界知名的男同性戀街了。

「昨天人家帶我去二丁目呢。」

「是喔，怎麼樣怎麼樣？」

「他們講話好有趣喔。」

經常聽到類似這樣的對話，所謂的「他們」指的是在同志酒吧工作的男人們。

走在二丁目的路上，或許是我太在意了，總覺得一直看到男同志情

1 KOMA是陀螺的意思，劇場標誌也以陀螺概念設計，一九五六年開幕，二〇〇八年閉館。

侶。途經賣同志情趣用品的店，我進去看了看，實在相當驚人。我大受DVD架上陳列的裸身交纏的男人照片震懾，或者該說心情就像看到不該看的東西。彼此都是男人，也就表示「知己知彼」，對於追求歡愉來說或許更容易也說不定。即使如此，我還是只能甘拜下風。

這是個悶熱的夜晚，走著走著就出汗了。在新宿五丁目明治通上的「花園萬頭」買了「濕甜納豆」，再走入花園神社。懷念地想起一九六〇年代，我曾在這座神社境內欣賞唐十郎領軍的紅帳（狀況劇團）表演。

我從紐約回國時已經進入七〇年代，結交了嵐山光三郎這個朋友後，經常去看狀況劇場的舞台表演。儘管每次等著買票入場的觀眾大排長龍，我卻只要露臉就可以大搖大擺地進

還有像這樣的店
（新宿五丁目）
濕甜納豆
始終守護著
新宿歷史的
花園神社

場。一個人坐在沒有其他觀眾的觀眾席（只鋪了草蓆）上看李禮仙（李麗仙）站在舞台上排練唱歌。她的聲音帶著一股嬌豔的氣質。

「水丸兄，我剛才唱得怎麼樣？」

李小姐總是像這樣徵求我的意見，我每次都被問得措手不及，窮於應答。

從花園神社走入黃金街。

我是從一九七一年進入平凡社工作，得到嵐山光三郎的厚愛後才真正熟知黃金街這個地方。在那之前，無論是學生時代或畢業後進入電通工作的時代，吃飯喝酒幾乎都在銀座。對於這樣的我來說，新宿黃金街是個形同地下黑市的地方。剛開始曾暗自抱怨為什麼非得在這種地方喝酒不可，但是不久後，酒鬼的本能就開始發揮了。再過一段日子，只要走進黃金街的巷弄，到處都會有人開口招呼我。

江戶六地藏之一
太宗寺的地藏

在黃金街入口附近的「U庵」工作的加奈（假名）是個長得頗有安娜・卡里娜（Hanne Karin）味道，個性古靈精怪的女人。我第一次進店裡時，她問我「你做什麼的？」意思是問我從事的職業。當時我也喝醉了，就回答她：

「產業間諜。」

有哪個間諜會主動告訴別人自己是間諜啊。從此以後，在那間店裡大家都喊我「間諜」。加奈總是對我很好。

我沿著黃金街，往加奈那間店的方向走。「U庵」已經不在了。忘了聽誰說加奈已經死了，我心想，這消息或許是真的。

經過每次去總有人在彈佛朗明哥吉他的「娜娜」，還有「多古八」，那裡的媽媽桑雖然嘴上嘮叨，其實很會照顧人。看到這幾間店還在，真是令人欣慰。我和嵐山光三郎那夥人幾乎每天晚上都在黃金街四處喝，不過，我對這裡印象最深刻的，卻是唯一和田中小實昌先生連喝了好幾攤的那個夜晚。我們兩人對飲那天晚上，正好是小實昌先生最喜歡的店「前田」的媽媽桑過世一個月後的事。我對他提起了媽媽桑的事，結果他說：

「好寂寞，好寂寞啊，寂寞得受不了了。我真的好喜歡媽媽桑做的馬鈴薯拉沙。」

他連說了三次的「寂寞」和那句「馬鈴薯沙拉」，至今仍深深殘留我心。

說不定，天國的小實昌先生現在正一邊喝酒，一邊吃著「前田」媽媽桑親手做的馬鈴薯沙拉。

與黃金街平行的綠色小路，曾是都營電車行經的軌道

新宿黃金街

走出黃金街，往新宿區役所的方向走，左手邊有一個叫做「新宿新藝術」的脫衣舞劇場。一方面因為走太多路了已經一身汗，我心想不如懷著阿拉伯石油王的心情，去欣賞一下年輕女孩的裸體吧，於是走下通往劇場的階梯。

劇場內聚集了好多老人。我想，這些大概都是上了年紀，沒有地方可去的男人吧。他們一定是跟家人說要出門和以前的夥伴碰面。真是令人心酸的光景。

舞台上的表演者長得很有現代感，但不是我的菜。她的表演結束後，輪到一個身材瘦高胸部卻很豐滿的舞孃出來。舞孃的身高大概超過一百七十公分，至於舞藝，就算昧著良心也無法稱讚，倒確實是個美女。一頭栗子色的頭髮隨身體的動作搖擺，名字叫做M嶋里子。

跳完後，舞孃朝觀眾席張大雙腿，展現性器官。男人們的目光集中在那上面，我興趣缺缺地擦拭汗水，拿出採訪筆記檢視內容。

各位知道這種地方還有拍立得服務嗎？可以用舞孃準備的拍立得相機，指定她擺出自己喜歡的姿勢拍一張照片帶走。一張一千日圓。

男人們靠近舞孃，掏出紙幣拍照。彷彿沒有第二個選擇似的，每個人都要求她將雙腿大張成倒八字拍照。

「要不要試試看？」

惡魔（或許是天使也說不定）在我耳邊低喃。我站起身來。

「您要指定什麼姿勢？」

M嶋里子的聲音很溫柔。

「請妳正座。」

她有那麼一瞬間露出驚訝的表情，隨即擺出正座的姿勢。

從女人正座的姿勢可以看出她的教養。更何況她全裸。

我在秀場出口拿到附上她簽名的拍立得照片。

謝謝您今天蒞臨，我舞還跳得不好，非常抱歉。下次一定會跳得更好，請再來玩。

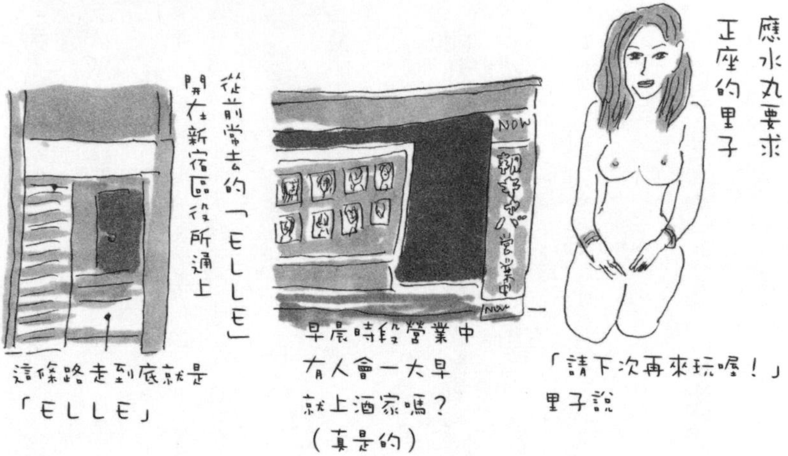
應水丸要求
正座的里子
「請下次再來玩喔！」
里子說
NOW
朝キャバ営業中
NOW
早晨時段營業中
有人會一大早
就上酒家嗎？
（真是的）
從前常去的「ELLE」
開在新宿區役所通上
這條路走到底就是
「ELLE」

文字率真不做作，照片背後還附上她的部落格名稱與電子郵件信箱。一邊想著我好像還沒有和舞孃的經驗呢，一邊走出劇場。

走在新宿區役所通，路上人來人往。這條路上一棟小型大樓的一樓有個叫「ELLE」的小酒館，在平凡社工作那幾年，我經常在那邊出沒。來黃金街大喝一場時，總是會以那間店收尾。

媽媽桑的名字叫雅美（假名），長得像東寶系的女明星。她是個溫柔的女人，就算有客人喝酒不付錢，她也不會口出惡言。當時新宿喝酒的地方還有很多這樣的女人，這附近的醉客裡出了不少作家、畫家（包括插畫家）及藝人明星。

我並不太清楚雅美過去的歷史，只聽說她出身東北鄉下地方，在家鄉時曾加入搞文學的團體，為了裡面的男人拋夫棄子跑來東京。開這間小酒館前，她好像還曾以寫廣告文案為業。這麼說起來，「ELLE」確實有不少與廣告工作相關的客人。

我單方面受到雅美小姐許多照顧。可是某天去店裡時，吧檯裡出現一個年輕男人。據說是以前她丟在老家的兒子，這傢伙以為自己是媽媽桑的兒子，擺出一副囂張的態度，是個討厭的傢伙。或許其他客人也有同樣的想法吧，常客陸續從店裡消失，我也是其中一個。

雅美小姐在一九八〇年代末期死於癌症。她曾對我說過一句話，到現在我還忘不了。那是有一次我趁著酒意帶了一位在黃金街併桌認識的女人到「ELLE」時的事。當我們在店內角落沙發上卿卿我我時，雅美小姐悄悄在我耳邊說：

「水丸先生，你背上總是有女人的影子喔。要小心。」

順便提一下，我帶去「ELLE」的那個女人，是剛和醫生離婚不久的二十八歲美女。

沿著新宿區役所往歌舞伎町二丁目方向，朝上走到KOMA劇場後方有幾間電影院（「新宿米蘭」等等）的廣場。如今，KOMA劇場五十二年的歷史已經落幕。

包括合法經營與非法經營在內，共有四千多間店群集，每天晚上吸引四十萬人聚集的歌舞伎町，在明治時期曾是舊大村藩主大村家的別邸。據說當時還是一整片鬱鬱蒼蒼的森林。這一帶開始蓋起一般住宅，已經是關東大地震之後的事了。

歌舞伎町的名稱誕生於昭和二十三年（一九四八年），命名者是當時的東京都知事安井誠一郎。原本看準可能吸引歌舞伎座與明治座之間的觀眾，他還曾提出在此建設歌舞伎劇場的構想，連劇場名稱都已決定為「菊座」，可惜因為各種法律限制的關係，最後還是沒能實現。

倒在路邊的男人（可能只是睡著了）、內衣外露的女人，走進賓館的情侶打扮粗俗，貼在牛郎俱樂部外的牛郎照片看起來像是在頭上潑了油。這裡正可說是充滿人類慾望的街道。

在還留有昭和時代面貌的茶室「藪花軒」前抬頭仰望，看到一塊寫著「SM秀」的招牌。這間創業三十五年的店，以這類型的店家來說，稱得上是老店了。

我想那應該是一九九〇年代中旬左右的事吧，忘了是誰的企劃，我曾在《週刊現代》上寫了一整年採訪東京都內各種特種營業場所的連載。每個月都和責任編輯M討論該上哪去，然後一起出門採訪。其中就包括這間名叫「阿芙蘿黛蒂」的SM秀喫茶店。阿芙蘿黛蒂是宙斯與狄俄涅的女兒，也是希臘神話中掌管美、戀愛與豐饒的女神。這是一間可以一邊欣賞SM秀一邊喝酒或喝咖啡的店。

那天我和M在等秀開演時點了兌水威士忌。除了我們之外，店內還有中年男人與年輕女人組成的情侶。秀正式上場，一位身材可媲美時尚伸展台模特

保留昭和面貌的「藝花軒」

「阿芙羅黛蒂」的招牌

KOMA劇場的標誌

兒的女性上台，只見她右手拿著馬鞭，左手牽著連接項圈的狗鍊，伸手一拉，一個像豬一樣肥胖的三十歲左右女人爬了出來。接下來就是以矯情台詞演出的SM短劇了。

我想起了那時的事。腦中浮現持鞭女人白皙的皮膚以及肥胖女人呻吟的鼻音。

走出歌舞伎町，往「ALTA」後方走，從學生時代經常去的爵士喫茶店「DIG」所在的那條巷弄穿過去後，會從「紀伊國屋書店」前出來。新宿通的右前方有間直到現在仍經常會去的「中村屋」，這裡的印度咖哩很有名，我從小就很喜歡這裡的咖哩。

忘了是幾年前的事了，我曾和「中村屋」的社長對談。「能見到中村屋的社長真是太榮幸了，簡直就像巨人隊的球迷有幸見到長嶋茂雄先生一樣。」

我還記得自己對社長這麼說。

走在中央通上，打算今晚要去「陶玄房」喝〆張鶴再回家。

從新宿通上往西新宿方向看
☆紀伊國屋在昭和二年（一九二七年）時
從煤炭行轉為經營書店
ALTA附近的道路
新宿曾經
是個
「煤炭街」
以前經常去的
DIG姊妹店
new
DUG
jazz cafe & bar

從南千住到北千住

地下鐵一過三輪站，電車路線突然變得陡斜。

眼前景物瞬間明亮起來，開上高架橋的電車窗外展開一片彷彿撒了粉的舊市街風景。右下方有幾條隅田川貨物車站專用的軌道交錯，左下方是小塚原回向院的首切地藏佇立在寒風中。

以上引用的文字，擷取自我在文庫版雜誌《IN★POCKET》（講談社）創刊不久時，以漫步城市為主題所寫的連載文章。這一段是描寫南千住的文章開頭。那年是昭和六十年（一九八五年）。

我有個在千住長大的朋友，他總是用「舊市街」形容自己出生成長的這塊土地。那種時候我都會半開玩笑地說：

「千住才不是什麼舊市街呢，應該說是河的另一邊，也就是郊區啦。」

朋友瞪我一眼，不過沒關係，我自己還不是在開頭那段文章裡用「舊市街」形容車窗外的南千住。

南千住屬於荒川區，過了隅田川上的千住大橋就進入足立區，變成北千住。足立這個地名第一次出現的文獻是《續日本紀》，時值稱德天皇神護景雲元年（七六七年），歷史相當悠久。地名的由來乃是因為土地被河川與沼澤環繞之故，從「葦立之地」演變而來[1]。這個說法應該最有可信度。

這次的美女散步打算去這樣的南千住、北千住一帶走走。

搭地下鐵日比谷線，在南千住站下車。這是個秋老虎相當兇猛的午後。從前有街頭電視的站前廣場已經完全變了個樣，朋友家經營中華料理店的那個商場原址，如今正在建設高樓大廈。

家裡經營中華料理店的朋友叫做南雲丈二（假名），高中時我曾坐他隔壁。雖然沒資格說別人，不過南雲這傢伙性好女色，滿腦子淫穢思想。和他聊天的內容動不動就會往

1 葦立之地的發音簡略化後與「足立」的發音相近。

人跡罕見，一片寂靜的南千住停車場
過去曾設有「街頭電視」

腥羶色的方向偏去。他喜歡畫畫，是個畫肖像畫的天才。也因為有這樣的共通點，我常和他一起去淺草或上野玩。南雲身高一百八十三公分，腿和當時的人氣明星石原裕次郎一樣長，是他最得意的事。

那時，我經常在週末造訪南雲位於南千住的家。從我家出發，搭地下鐵銀座線到淺草，再換搭二十二系統的都營電車，一直搭到終點南千住下車。都營電車沿隅田川北上，穿過淺草山谷和淚橋。南千住的都營電車車庫前有個叫做「南千住文化」的電影院，南雲總是在電影院前面等我。

「我說，萬里昌代的咪咪很不錯耶。」

那間電影院主要放映新東寶系列的電影，南雲用打量的眼光看著海報上的照片說。

「上次站在這裡啊，忽然有個怪男人靠過來，二話不說甩了我三巴掌。」

第一次和南雲約在電影院前時，他告訴我這件事。我心想，這一帶還真野蠻啊，可是很快地，我就被這種地方深深吸引了。

南雲家的中華料理店開在南千住車站前市場裡的一樓。店面左側有一道階梯，爬上階梯右手邊就是南雲一家人住的地方，左手邊則是一間叫做「K」的酒吧。左手對著「K」的大門往前走到底有公用廁所。

「K」的老闆原本是職棒投手，長相在現代應該稱得上「型男」。酒吧媽媽桑名叫彩子，三十五歲左右，顴骨很高，皮膚白得像病人。以粗魯一點的方式分類的話，大概可以說長得像洛琳．白考兒（Lauren Bacall）那一型。

「媽媽桑上樓時我看見了喔。她不是都穿那種緊得要死的裙子嗎，上樓時得像這樣拉高到大腿都看得見的地方。」

我也看過這樣的她好幾次，南雲說的沒錯。從拉高的裙子底下露出瘦骨嶙峋的膝蓋，散發一股男人的味道。

「你是南雲喬的朋友？奉勸你最好別交那種壞朋友[2]。」

2 丈二的日文發音近似「喬治」。

她每次看到我，都會半開玩笑地這麼說。臉上掛著寂寞的笑容。

只穿內衣的媽媽桑以屍體的狀態被發現的事，是南雲打電話跟我說的。那是高中即將畢業時的一個早春傍晚。警方研判死因是服藥自殺。

「她皮膚超白，可是沒什麼胸。啊，還有，乳頭很黑。」

南雲是第一個發現屍體的人。聽他說媽媽桑的自殺動機不明，大概和男人有關。真是個運氣不好的女人。

從市場原址上正在建設中的大樓旁經過，來到俗稱骨通的舊奧州街道。骨通的「骨（KOTSU）」據說是從小塚原的發音「KODUKA」訛傳而來，但是這一帶在江戶時代曾是小塚原刑場，我認為和屍骨的「骨」或許也有關係。

歷史上有很多名人死於小塚原刑場。安政大獄時的橋本左內、吉田松陰，還有南部藩士相馬大作，反叛維新政府的雲井龍雄，以及在說書與戲劇中為人熟知的片岡直次郎（直侍）、鼠小僧次郎吉、高橋阿傳等人。他們死後長眠於淨土宗壽國山回向院（南千住五丁目）。回向院附近空地上有通稱「首切地藏」的延命地藏像。很久沒看到首切地藏了，一隻蟬停在地藏菩薩的太陽穴上唧唧鳴叫。斜陽下，地藏菩薩看起來黑得像影子。

在回向院旁邊的重盛商店買了做成七福神臉型的重盛人形燒和奢侈煎餅，沿著骨通往北走。

沿著骨通往荒川方向走，左手邊有素盞雄神社，一直繼續往前會走到千住大橋。靠近這間神社西邊的地方，曾經有過舊市街的棒球場，那個令職棒迷們熱血沸騰的東京球場。沒記錯的話，那裡應該是大每獵戶星隊（現在的千葉羅德海洋隊）的主場。面積大約三萬五千平方公尺的廣場，於昭和五十二年（一九七七年）被東京都收購，拆除看台，成為草地棒球場，發生地震時則當作避難地點使用。

過了千住大橋就是北千住。並非因為這是美女散步才這樣寫，這附近的年輕女性個性真的很好，一路上向好幾位女性問路，她們都給我很好的感覺。比起在山之手[3]長大的女人，我本來就比較喜歡舊市街（說得更直接一點就是郊區）的女人。在這點上我贊同永井荷風的說法。

據說千住大橋的建設過程很是艱難。奉德川家康命擔任普請奉行[4]的是代官頭（關東郡代）伊奈備前守忠次。由於河川流過黏土層與砂層上方，無法直接打下橋樁，於是他另外想出替代方案，在橋樁尖端裝上蠑螺型的鐵釜，以鑽地方式將橋樁鑽入河底。據說當時使用的鐵釜的直徑與深度都超過五十公分。

《江戶名所圖會》水丸臨摹

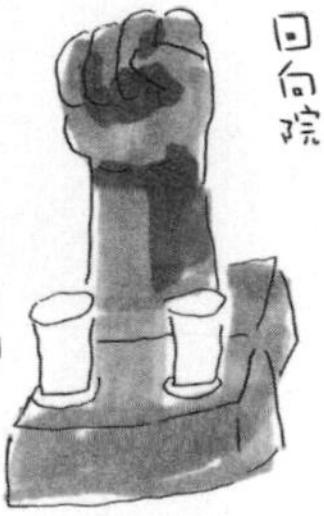

附帶一提，豐臣秀吉說要將關東六國轉封給家康時，也是這位伊奈忠次建議躊躇的家康拜領的，實在是一位獨具慧眼的人物。

一過千住大橋就能看到「奧之細道矢立初碑」。從深川搭船出發的松尾芭蕉就在這裡靠岸北上。

3 相對於東京舊市街的「下町」地區，「山之手」地區地勢較高，較偏向都會區。

4 江戶幕府的官職之一，負責與土木建設相關的事業。

春去　鳥啼　魚落淚

「奧之細道」之旅的第一句俳句，據說其實是後人推敲出來的。

送別香魚子銀魚　離情也依依

這才是他實際上在千住吟詠的俳句。

沿舊日光街道往荒川方向走，右手邊原本是「野菜場」，「野菜場」指的是青果市場。當時運送蔬菜的人力車和牛馬車總在天亮前來回此地卸貨。「野菜場」是從「野菜市場」的江戶腔訛傳而來的吧。我猜應該是。

北千住這個地方正好夾在荒川和隅田川中間，整體呈現胃袋的形狀。從某些角度來看有點像曼哈頓。這個胃袋裡可是裝了滿滿的歷史。

千住大橋橫跨隅田川。慶長九年（一六〇四年），以日本橋為起點，開始著手整修五街道（分別是東海道、甲州道中、中山道、奧州道中、日光道中）。千住大橋同時包括在其中的奧州與日光街道範圍內，正可說是交通要衝。慶長二年（一五九七年），千住宿被指定為宿站[5]。寬永二年（一六二五年），隨著日光東照宮的營建，千住又被指定為日光街道的初宿，成為江戶四宿之一。另外三處分別是板橋宿、內藤新宿及品川宿。

接著，我來到有伊豆長八鏝繪[6]的橋戶稻荷，以及JR北千住車站附近的森鷗外故居遺址漫步。聽說在鷗外赴德留學前，明治十四年（一八八一年）到十七年的那三年，他都從這裡，也就是父親靜男開設的橘井堂醫院搭人力車到三宅坂的陸軍醫院通勤。車夫想必拉得很辛苦。

從橘井堂往西，再次走回舊日光街道，千住本陣遺址也在這裡。從這裡到與舊水戶街道的交叉點為止是SUNROAD商店街宿場町通，再往前一點，從內有仿高札場[7]建築的千住本町公園往下，則進入千住宿通。SUNROAD的名稱似乎來自日光街道的「日光」，該說這是創意嗎。

森鷗外故居遺址附近的金藏寺內設有千住飯盛女供養塔[8]。千住宿有三十六間飯盛

5 相當於驛站或現代的休息站。

6 以灰泥作成的浮雕壁畫。

7 日本古代幕府或藩主用來公告法令的設施。

8 飯盛女為在宿場提供性交易的私娼或女侍。

旅籠（遊女屋），是江戶時代末期開始興盛的風月場所。因為生意太興隆，還引起了吉原[9]的抗議，據說兩者一直在各方面展開競爭，或許也可說是不擇手段的戰爭吧。把這段歷史拿來寫成小說或許會很有趣。不管怎麼說，千住宿裡有很多風姿綽約的女人。供養塔的台座上，密密麻麻地刻著女人們的戒名。

紅色美人蕉
黃色美人蕉
在荒川對面的彩虹廣場上聊天的她們
是一對在附近美容院工作的好朋友

往東是舊水戶佐倉道
往北是舊日光道中
聽說橫山家建築於
安政二年大地震後不久
令人感到歷史悠久的
名倉醫院

沿著千住宿通往荒川走，右手邊是有許多格子拉門的橫山家。聽說土間[10]的柱子上掛著「地漉紙問屋松屋」的大招牌（但我沒看見）。招牌上的字出自山岡鐵舟之筆，松屋是橫山家的屋號。這棟建築物是安政二年（一八五五年）大地震後出現的典型商家建築。話說回來，保存得還真是完好。橫山家歷代當家都叫佐助，嫡子叫佐吉，交棒退休後則承襲佐平之名。聽起來很有江戶商人的氛圍，感覺很帥氣。

在橫山家前面的，是都內少見的繪馬屋（千住繪馬）。令人欣喜的是繪製手法與圖案，從以前到現在始終沒有改變。順便說明，根據不同的願望，繪馬上的圖案也有所不同。黑馬是祈雨，白馬是求日照，地藏圖案保佑育兒，雞是遏止嬰兒夜哭，座牛求的是才藝進步，狐狸庇佑安產，天神則是精進學業。

沿千住宿通往JR線方向走，途中會經過冰川神社（地址是：千住四之三十一之二）。

北千住有四間名稱裡帶冰川的神社，這間就是其中之一。明治五年（一八七二年）建造的三層山車就存放在這裡。下層是祭樂舞台，中層是迴廊舞台，掛著繡有松樹與鶴的緞帳。上層好像是正在跳舞的靜御前[11]人偶。身為美女散步的旅人，總有一天一定要親

9 江戶時代公開允許的妓院集中地。

10 日式住宅介於屋內與屋外之間的泥土空地，多半做為廚房或工作場使用。

11 平安時代末期的歌舞伎遊女，後成為源義經的愛妾，擅長跳舞。

眼見見這座山車。

千住宿通上快到荒川的地方有間名倉醫院。從江戶時代起代代相傳，是以接骨技術聞名的名醫，開業於明和年間（一七六四～一七七二年）。對我來說，「名倉」從小就是接骨醫生的代名詞。高中時因為練習劍道傷了手，曾到這裡請醫生看診。不但那道古色古香的長屋門[12]令我大吃一驚，看到醫師們都穿著像少林拳練功的衣服，更是令我驚訝不已。

爬上荒川的堤防，倒映河面的夕陽流過眼前。我心想，說不定在整個東京，這一帶是保留了最濃厚江戶味的地方。

那是一九八〇年代的事了。我在《小說現代》雜誌上以「藍墨水的東京地圖」為題，連載了漫步城市主題的散文。當時曾寫過從荒川對岸往北千住方向眺望的事，在此引用作結。

北千住的城鎮後方，看得見昔日的妖怪煙囪[13]。從這裡望過去的夕陽非常美。背對落日的妖怪煙囪看起來烏漆墨黑。紅豆羊羹色的常磐線電車飛馳而過，正好挨著右側足立區內眾多房屋的屋頂。我每次看到這片風景就會湧上想聽爵士樂的心情。如今這片風景已不存在。

四根煙囪
逐漸變成
三根、兩根、
一根
昭和三〇年代
看得到妖怪煙囪的
城市風景

12 日本傳統大門的樣式之一。

13 千住火力發電廠的四根巨大煙囪。為附近居民暱稱的理由有二：一是發電廠起初只為備用，不常啟用。啟用時煙囪冒煙的模樣顯得很奇特。二是隨著觀看角度改變，四根煙囪會逐漸變成三根、兩根、一根，因這不可思議的景象而博得「妖怪」之名。

從羽田機場到品川

一九六九年二月，我從羽田機場飛往紐約，搭的是現在已經倒閉的泛美航空。那是我第一次搭飛機也是第一次出國，事實上我當時的英文程度也很令人不安。雖然出發時已經打算在美國生活一段時間，卻連到了那邊之後的工作都還沒決定。

平日盡可能維持穩定生活的我，有時卻會像這樣做出衝動妄為的舉止。

「明明沒人期待你什麼，你也只要安安分分過生活就好，你這人卻會突然做出驚人之舉，這種個性教人很擔心啊。」

這是我的眾位姊姊（我有五個姊姊，在家排行老么）中最嘮叨的四姊曾經對我說的話。

這次的美女散步行程，就決定以擁有如此回憶的羽田機場為起點，朝蒲田、大森、大井、品川走去。

我打算從品川車站搭京濱急行電車去羽田機場，以前從沒這樣搭過。

出發去紐約時，當年的羽田機場裡還切實上演著一幕幕的相遇與別離。現在因為多了手提行李檢查等等手續，氣氛變得很公式化，沒什麼情調。即使如此，在檢查手提行李的通路上被檢查員擋下來搜身檢查的年輕女性，看起來還是莫名性感。明明跟我無關，還是忍不住盯著看了起來。

走在機場大廳時，曾經遇到前方走來超越常人的美女（也曾遇到土得超越常人的姑娘）。我從女人們身上感受到的是拋棄某部分自己的感覺。或許她們自己並不這麼認為，但給我的感覺就是一種「無論怎樣都無所謂了」的心情。

走到展望台上，看飛機起降看得出了神。腦中想起過去發生的各種事。

一九六五年四月，剛從大學畢業的我進入電通廣告公司。最初隸屬國際廣告製作室，我在那裡的工作是透過外國媒體宣傳日本商品，以及設計在外國媒體上發布的廣告內容。文案全部都得和外國（美國）人用英文開會討論決定，對我來說簡直是酷刑。沒

有什麼事比語言不通更痛苦了，那年我才二十二歲。

這樣的我，有時也可以稍微喘口氣。因為部門從事國際相關的工作，必須接待的外國來客也多，身為菜鳥的我經常負責機場接送的工作。在機場的入境大廳，將B5大小的厚紙板舉在胸前，上面寫有即將到來的外國人名字。當笑咪咪的外國人朝我靠近問「DENTSU（電通）？」時，我則回答「WELCOME」，然後彼此一邊報上自己的名字一邊握手。

這種事不知道經歷了多少次，現在回想起來，一切都好令人懷念。

現在國內旅遊也常會到羽田機場搭飛機，每次我都會想起一件往事。

那是我還是個菜鳥員工的時代，有一次，也是為了接外國來的客人而前往羽田機場。因為到得太早，我就跑去現在所謂的咖啡吧喝咖啡。桌子前方有個寬厚的外國人背影，他的對面是一位年輕日本女性。女性穿著灰色連身洋裝，纖細的脖子圍著一條水藍色領巾。長相非常普通，毫無特徵可言，我卻對她很有好感。外國人的頭髮已經花白，我想他應該是個中年人。聽著男人說話的她不時微笑，卻掩不住一股寂寞的氣息。

當時（一九六〇年代）從羽田機場的展望台可以看見乘客從剛抵達的班機下來，或是即將搭上啟程班機的旅客。我走出咖啡吧，到外面的展望台等客人搭的班機抵達。眼前是一架即將起飛的泛美航空班機。我不經意地往旁邊一看，正好看見剛才咖啡吧裡和中年外國人在一起的女性，她目不轉睛地凝視眼前那架飛機。水藍色的領巾隨風飄揚，露出藏在領巾下的纖細頸項，我覺得好美。即將登機的乘客魚貫靠近那架泛美班機，登上梯子。中年外國人提著茶色皮革旅行包的身影也在其中。他走到梯子最上方後，轉身朝我們的方向用力揮手，那動作彷彿電影裡的一幕。我朝身旁的女人望去，斗大的淚珠從濕潤的眼中滾落。宛如透明彈珠般的眼淚。我從來沒有看過比她當時流下的眼淚更純粹更美的事物，不管是在那之前或之後。外國男人顯然已經五十幾歲，日本女人看起來大概介於二十五到三十歲之間，我不知道他們兩人是什麼關係，也可能這一別就是永別了吧。話說回來，現在日本女人的眼淚到底是怎麼了，總是給人一種虛假不實的感覺啊（失禮）。

這次決定來羽田機場走走，有個很大的原因，就是想寫下當時那個外國人與日本女性的離別，以及關於她那美麗眼淚的回憶。

走下展望台，我隨性地散步到出境大廳。女性客艙空服員拉著登機箱走動的身影，不管什麼時候看都是那麼英姿煥發。真是不錯。話說回來，和男人們都嚮往空姐（現在都說空服員了）的時代相比，她們的使命似乎已經從『美貌』轉變成「安心感」了。這或許是一種政權交替，也可以說是時代趨勢吧。

無論如何，羽田機場變成一個大都市了。餐飲店的選擇也很齊全。各種形式的相遇與別離在這裡發生。有機師走過去，也有穿制服的女性。這裡實在是個浪漫的城市。

我朝JR蒲田車站移動。對我而言，說到蒲田就想到舊松竹電影的蒲田片場。許多名作從這裡誕生。現代（雖然已經過去很久了）應該還有很多人對電影《蒲田進行曲》（塚公平原著）記憶深刻吧。飾演大明星銀四郎的是風間杜夫，飾演他的戀人女演員小夏的是松坂慶子（當時的她很豐滿），平田滿則飾演被迫照顧兩人孩子的龍套演員。記得最清楚的還是飾演小夏的松坂慶子，那可愛的模樣深深烙印腦海。雖然想和銀四郎分手，看到銀四郎不可靠的樣子又放心不下，無法離開他。

「小銀，你再說這種話，我豈不是更離不開你了嗎？」

小夏這句話真是說出了女人心。女人總受不可靠的男人吸引，帶給自己許多麻煩。

走在蒲田車站周圍，東口廣場有個叫「上昇氣流」，不知道什麼意思的裝置藝術。過去松竹電影蒲田片場的原址，現在叫做「香氛廣場街區」，蓋了一座玻璃外牆的高樓大廈。任誰也想不到這裡曾經有一個電影片場吧。附近大樓的牆面上描繪著一幅當時片場的正面風景，但是幾乎沒有人停下腳步欣賞它。

走著走著，「講談社」三個字映入眼簾。感覺就像讀著寫在黑板上的字。

講談社TOKYO一星期美食排名導覽書《美食林2009》唯一刊載的大田區餐廳！

我就不寫出店名了，反正那裡怎麼看也不會有美女。

搭上電車，往大森站前進。

松竹電影蒲田片場原址附近的大樓外牆描繪著昔日片場的畫（在蒲田）

從大森站西口出來，眼前是以廣重之繪[1]聞名的八景坂。不過現在車水馬龍，只是個普通的斜坡道了。

過了八景坂（池上通），眼前突然出現一道石階，往上走可通到天祖神社。這座神社是八幡太郎義家征伐奧州時祈願戰勝並留下傳說的地方。義家將鎧甲掛在松樹上，當時似乎將那棵樹稱為鎧掛松。廣重在《繪本江戶土產》中畫了這棵松樹，從此「八景坂鎧懸松（一名震松）」聲名大噪，為世人所熟知。這棵歷史悠久的古木如今已經枯死（直到昭和初期還保留著根幹）。

我一邊在腦中想像著江戶時期旅遊八景坂的美女身影，一邊前往大森最有名的「大森貝塚」。

正如大家熟知，大森貝塚是明治十年（一八七七年）時，美國動物學家E．S．摩斯在從橫濱往新橋的電車上，發現車窗外有露出的貝殼，立刻加以挖掘開發，後來成為國家考古學發祥地。

話說回來，E．S．摩斯教授能從行駛中的車窗外認出貝殼，可見當時的電車跑得

1 歌川廣重，江戶末期的浮世繪師。

有多慢。

大森貝塚附近有個與南千住小塚原刑場齊名的鈴森刑場遺址。為愛情犯下縱火罪的八百屋阿七就是在這裡遭處火刑的。

從大森貝塚搭計程車前往鮫州。鮫州是個什麼都沒有的車站，真的完全沒有，別說美女了，結果只遇到來換汽車牌照的插畫家，我根本一點也不想見到他。無可奈何之

廣重畫的八景坂鎧懸松（局部）

現在的八景坂（大森站前）

像「哈利波特」的世界
大森貝塚

有E・S・摩斯教授的銅像

餘，只好走進大井公園，去看附近的土佐藩十五代藩主山內容堂之墓。容堂在遺言中表示想葬在當時被稱為土佐山的這塊土地。

鮫州站附近的
山內容堂之墓（大井）
位於仙台坂
樹齡三百年的紅楠木（楠木科）

從仙台坂往大井町車站移動，左邊的上坡入口有與芭蕉頗有淵源的泊船寺。寺院本堂中設有三十公分大小的木造人像，分別是芭蕉、其角與嵐雪像。我本來想去看看，才走到門口就聽到狗吠，只得落荒而逃。說來傷腦筋，狗是我在世界上最害怕的東西。

江戶時代，從仙台坂（又稱暗闇坂）中段附近到最上面這一段是仙台藩的下屋敷，仙台坂也因此得名。爬到斜坡最上面就是大井銀座，範圍一直延伸到大井車站。車站前右手邊是詹姆斯坂。這條坡道原本地形陡急險峻，慶應二年（一八六六年）來日，隸屬海軍省的詹姆斯投入私人資金，將險峻的坡道改建為緩坡。是一條很適合美女的坡道。

接下來是這次散步最後的目的地品川。從品川站換搭京濱急行電車，在第一站北品川站下車。走出剪票口，往左走有一座天橋，朝馬路右側看去，可以看到廣末涼子讀過的品川女子學院。這天路上也有許多女高中生陸續經過，她們身上穿的V領毛衣，顏色就像在檸檬黃裡加入半杯牛奶攪拌後形成的淡黃色。整體來說水準很高。

一邊欣賞品川女子學院，一邊走進左手邊的細長小路，出了小路就是舊東海道。右轉後，左側有始於江戶時期的食賣旅籠屋，也

做了這樣的事呢
真是教人難為情（水丸）

聚集在馬込的文士們舉行舞會的
浮雕畫（大森車站附近）

就是遊女屋（妓院）「土藏相模」的遺址。據說幕府末期，長州的高杉晉作、久坂玄瑞（坂本龍馬也拜訪過他）等勤皇志士曾聚集此地商議。這間土藏相模後來變成「相模旅館」，現在竟然已經變成一間全家便利商店了。

稍微提一提歷史吧。

十二世紀中，有一個家族開始定居這塊土地。家族始祖名叫實直，原本聽說是中央（應該是京都吧）地位不高的貴族。定居此地後，以大井鄉的大井為姓氏。很快地，大井氏支配了如今品川周圍地區，後來他將領地分給孩子們。大井鄉給了次男實春，原為大井鄉一部分的品川則給了三男清實。清實自稱品川氏，這就是品川地名的由來。

我在舊東海道上隨性漫步。

喬治秋山的漫畫《浮浪雲》主角，就是在品川宿經營批發生意的「夢屋」老闆阿雲。我還記得，漫畫中描述那個清水次郎長到品川宿時態度狂妄自大，阿雲對他破口大罵的話。

「鄉下人竟敢小看江戶！」

或許並不完全正確，總之大概是這樣的內容。昔日的舊東海道品川宿一定是個有很多好漢美女聚集的地方吧。

2010年

沿目黑川往惠比壽

每週一次，我為了維持體能而上的健身房，就在舊山手通的阿拉伯埃及共和國大使國附近。並不是因為身體有什麼毛病，畢竟操了他六十七年，付出這點努力也無可厚非。健身房的地址在東京都內數一數二的高級住宅區青葉台，人稱「雲雀御殿」的美空雲雀宅邸，也在這個地區的其中一隅。

出了健身俱樂部，往右爬上一個陡坡就是代官山，往左走下斜坡則可通到有目黑川流過的山手通。近年來，目黑川沿岸一帶似乎大受年輕族群歡迎（不是似乎，根本就是很受歡迎）。也因為這樣，我經常在離開健身房後沿著目黑川散步。河川兩側沿岸都種有櫻樹，近幾年來也成為小有名氣的賞花勝地。

雖然已經是很多年前的事了，因為著作《喔嚯嚯！探險隊》拍成電影（根岸吉太郎導演）而聲名大噪的小說家干刈県小姐（Hikari Agatta）曾約我去目黑川賞花。

因為目黑川的櫻花已經開了……

千刈小姐在信裡這麼寫。然而，在當時的我認知中，目黑川只是一條沿著澀谷山手線流過的陳年髒河，內心不禁疑惑千刈小姐到底在說什麼東西啊（而且剛好因為很忙，最後也沒能去賞花）。

去年第一次欣賞目黑川邊的櫻花，真的很漂亮而且開得燦爛熱鬧，我嚇了一大跳。才重新體認到目黑川櫻花有多受歡迎，也才總算明白千刈小姐邀我賞花的用意[1]。

這次的美女散步，就決定從這樣的目黑川沿岸走到惠比壽。

在這聖誕節即將到來的季節，我沿著目黑川走走看看，看到一對年輕情侶漫無目標地散步，大概是聽說這裡很潮所以開車來的吧，兩人的外表都很不錯。

「你覺得昆汀塔倫提諾的《惡棍特工》怎麼樣？」

「我覺得有點拖泥帶水耶。」

我對交換著這種對話的情侶很有好感。

1 千刈县小姐於一九九二年因胃癌辭世，享年四十九歲。

朝地下鐵日比谷線中目黑站的方向前進，左岸是青葉台，右岸是東山。流經這一帶的目黑川其實相當有情調，可是愈接近中目黑站，那種情調就顯得愈淡薄。河上有幾座連結左右兩岸的橋，千歲橋、天神橋、綠橋、朝日橋、宿山橋、櫻橋、別所橋。說這附近是目黑川沿岸的時尚地區也不為過。我在左右兩岸之間來回散步。

春天一到櫻花盛開
目黑川沿岸聊到忘我的摩托車青年與女孩
下雨天有特別的服裝
店面的自行車也是裝潢的一部分

腦中浮現與吉村瑞穗（假名）有關的事。沒記錯的話，她應該住在東山這邊。她是大阪岸和田出身的女人，原本在Y報社工作，為了成為插畫家來到東京。我在京都的插畫專門學校當講師時認識了她。比我小超過二十歲的她，或許因為出生沒多久，父親就跟別的女人跑了，個性上似乎有點戀父情結的傾向。

「老師（不知為何她都這樣喊我）如果願意在大阪跟我一起生活，就算去酒吧兼差我也會養你。」

吉村瑞穗曾這麼對我說。我當時心想，原來大阪有對男人這麼好的女人啊。

現在她住在東山。搬到東京之後，我們仍不時會碰面。只是彼此都很忙，次數減少到一

這種設計該說是目黑川（RIVER）風格嗎？
店面堆著柴薪是哪招？

年幾次而已。即使如此，每次見面時，我都感覺得出她對我的心意絲毫不減當年，是個重情重義的典型大阪女性。

最近這一年，我們一次也沒有見面。

目黑川從目黑區的東北方流向東南方，蜿蜒區內四公里。蛇行於目黑區內的這條

河，直到昭和十四年（一九三九年）進行河川整頓工程前，據說每年都會引發水災。從世田谷區烏山高源院池中流出的小河匯聚成烏山川，與萬治元年（一六五八年）時開掘的北澤川在離大橋不遠的上游處匯聚，形成了目黑川。進入目黑之後，又有從駒場野公園及駒場東京大學教養學部內池塘流出的空川，在流經松見坂下的遠江橋後注入目黑川。空川雖然是條小河，聽說從前曾沿著這條小河沿岸開闢水田，岸邊可見水車小屋等風光。

擁有這段歷史的目黑川兩岸，如今儼然成為東京難得的高品味地段。和青山又不太一樣，當然更是有別於銀座、澀谷或代官山。不管是咖啡店也好，日式料理店也好，甜點店、服飾店、舊書店……大部分的店都給人很舒服的感覺。店員也不會死纏爛打，散發一股不矯揉做作的氣質。若讓我再多說一句，這裡的美女出乎意料地多。嗯……真是傷腦筋，不過就散步路線來說，還是當作普通區域就可以了吧。

也有像這樣的
獨棟平房（目黑川附近）

一走到福砂屋附近
就能聽見手動打蛋的聲音
福砂屋

走著走著，來到長崎蜂蜜蛋糕的老牌名店「福砂屋」的工廠直營店。創業於寬永元年（一六二四年）的這間店在赤坂也有分店，離我老家走路只要三分鐘。換句話說，我人生中的蜂蜜蛋糕初體驗就是福砂屋。

在福砂屋的蛋糕工廠中，至今仍與創業當時一樣，使用無添加物的天然食材，包括打蛋在內的所有程序都堅持以人工親手執行。吃這種蜂蜜蛋糕長大的女人，一定擁有充滿光澤的肌膚吧。換句話說，這種蜜蜂蛋糕能孕育出好皮膚的女人。安西水丸我忍不住做起這種邪惡的想像（站在男人的立場而言是再正確也不過的想像了）。

看到一間叫&STRIPE的店，於是走進去看看（店裡的女性年輕又可愛）。這裡販賣的主要是從外國進口的釦子，整面牆上排滿設計獨特的國內外鈕釦。事實上，雖然不為什麼特定目的，但我一直都有收集鈕釦的習慣，手頭擁有不少在國內外古董店買到的美麗鈕釦。現在市面上的鈕釦多半是塑膠製品，從前那種用碳化鈣做的鈕釦意外昂貴。我用來當手機吊飾的黃色鈕釦，就是在倫敦某家古董店買到的東西。

會對鈕釦這種娘娘腔的東西感興趣，自然和我從小在女人堆中長大有關，不過一定也和中原中也詩集《永訣之秋》中的〈月夜海邊〉脫離不了關係。

〈月夜海邊〉的開頭是這麼描述：

在月夜中，一顆鈕釦
落在浪花拍上的岸邊。
（中略）
撿起它，雖然我並不認為
它能派上什麼用場，卻並未
朝月亮拋出它

販售世界各地鈕釦的
& STRIPE

朝浪花拋出它
而是將它，收進衣袖。

詩還有後續。不過，我想說的是自己當時如何深深受到感動，這是一首將月夜海邊表現得多麼好的詩啊。

每次到這附近，都會來
COW BOOKS 打發時間
下午一點開始營業

反正就是這樣，我裝作在看牆上陳列的鈕釦，實則不時偷看店員側臉，過了一會兒才離開那間店。附近那間從公寓改建成的上目六櫻花購物中心似乎又在改建了，目前沒有營業。公寓陽台上有個男人正獨自鬱鬱寡歡地抽著菸。

每次來這附近散步，我一定會過去舊書店COW BOOKS看看。這裡的店長是擔任

《生活手帖》總編輯的松浦彌太郎先生。第一次進這間店時，我心裡想的是「這裡跟我的書櫃也太像了吧」。架上放的幾乎都是我喜歡的書，使我不禁感到好笑。店裡放了喬治．歐威爾（George Orwell）及艾倫．金斯堡（Allen Ginsberg）的書。不管什麼時候去，總會花上好多時間待在店裡，而且還會忍不住花錢。

關於目黑這個地名的由來，可信度最高的說法是來自奉於此地的目黑不動尊。不過也有另一個說法，據說從前「目」指的是窪地或谷地，而「黑」指的是山嶺。目黑川這個地方也確實是一片被山谷包圍的丘陵地帶，於是結合「目」與「黑」來表示地形，這說法意外地具有說服力。

從中目黑車站搭地下鐵日比谷線前往惠比壽。只要搭一站就到了。

我經常在惠比壽吃晚飯或喝酒。很多人不知道，其實這裡有不少便宜的店，來這裡玩樂的人看起來也多半花的是自己的錢（或許不管哪裡都是這樣吧），而且男女各自經濟獨立。再說，這裡交通方便，從都心來的人可以搭計程車，對電車族來說，埼京線和湘南新宿線都有停靠，只要搭到品川換車，即使去神奈川縣也是一路順暢。

惠比壽這個地方就像個谷地。離此區不遠的廣尾二丁目有個名為東北寺的寺院，村上藩內藤家及佐土原藩島津家等大名墓地都在這座寺院境內。此外，特別引人注意的是白木屋店員之墓。昭和七年（一九三二年）的白木屋火災中，十三名殉職店員的墓地也在這裡。當時的女性沒有在和服下穿內衣的習慣，她們似乎因此躊躇著不敢從高處跳下逃生，結果就這麼燒死了。真是非常令人痛心的事件。白木屋火災過後，日本女性開始養成穿內衣的習慣。我猜想當時的犧牲者中一定有很多年輕貌美的女性，內心遺憾不已。

這令我想起另外一件事。記得我讀小學時，班上有個女老師總是沒有穿內衣。該怎麼說才好呢，那種……彷彿看到什麼若隱若現的東西……呃算了，別說了。

惠比壽車站西口的
惠比壽銅像前
（不確定是不是）
正在等待戀人的美女
（也有不是的）
是喔～
要過得幸福喔
現在已經成為
和澀谷八公齊名的
東京碰頭地點了

出了東北寺，橫越明治通往前直走，就會來到橫跨澀谷川上的惠比壽橋。

明治二十年（一八八七年）誕生於目黑區三田的日本麥酒釀造有限公司，於創立三年後推出名為惠比壽啤酒的商品，「惠比壽」在日後成為這裡的車站名和町名由來，這樣的例子在日本堪稱罕見。隨著昭和四十一年（一九六六年）、四十五年的町名地號改正，訂定惠比壽（一至四丁目）、惠比壽西（一至二丁目）、惠比壽南（一至三丁目）等地址後，惠比壽的範圍也大幅擴大。前面提到的惠比壽橋，就是為了用馬車運送啤酒而建造的。聽說有些從以前就住在這裡的人，到現在還稱那座橋為啤酒橋。

惠比壽除了有為數充足的餐飲店外，沿著駒澤通往西邊走，通往

雜沓的餐飲街上
惠比壽神社靜靜隱身於此
直到不久之前，這附近還有間酒吧
老闆娘長得很像夏木麻里

花園廣場的
啤酒紀念館
外觀看起來

歐洲的教堂

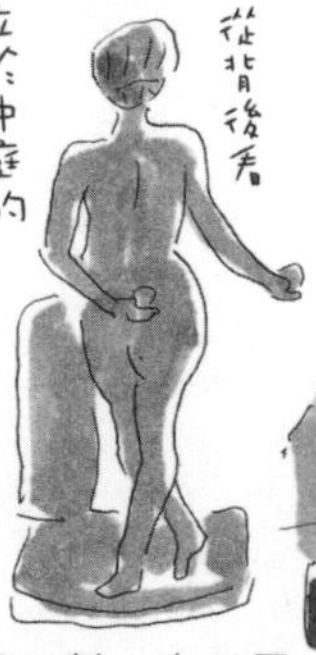
立於中庭的
裸婦雕像
安托萬・布德爾
作品《果實》

代官山的那條路上有些俱樂部等夜店，意外地有意思。我認識的某位公司社長帶我去的R俱樂部裡有不少年輕女公關，後來我又去了好多次（總是和那位社長一起去）。其中有位名喚真里，穿起紅色露背晚禮服很好看的二十六歲女公關。我和她莫名合得來。她說自己是橫須賀人，將來的目標是成為時尚設計師。

「我對自己的胸部形狀很有自信。」

某天晚上，真里在我耳邊如此輕聲低喃，令我暗自熱血沸騰。隔天我就收到她寄來的簡訊，簡單來說，她希望和我單獨見面。真是個出色的女人，女人就得像這樣才行。那個週末夜晚，我和她見了面。哎，人生真是會發生各種事。

我走向Sapporo啤酒總公司所在地的惠比壽花園廣場。廣場周圍有楠木通、鈴懸木通等道路，不是說不行，可是怎麼都是這種名字。這裡曾經是惠比壽啤酒工廠的廠址，現在有飯店、有電影院也有百貨公司。以電影院來說，惠比壽花園戲院上映的電影品味相當成熟洗鍊。王穎執導的《千年善禱》（*A Thousand Years of Good Prayers*）就曾在此上映，我也進去看了。

從府中到國立

發呆的時候，總會無意義地想著各種事。這種時候，腦中忽然浮現與「水」有關的事。不知道東京哪裡有乾淨的地下水呢。一這麼想，跟著浮現的就是「府中」這個地名。這或許和去年參觀了府中的三得利啤酒工廠有很大的關係。不管怎麼說，那裡可是有來自丹澤山地的地下水流過。專業的事我當然不懂，可以肯定的是，水乾淨的地方一定有很多美女。這雖然是很粗糙的聯想，說不定意外地有道理。

好，這次就決定去府中走走吧，順便（說順便可能太失禮）也去國立走走吧。就這樣，在這個春光乍現的平日上午十點，我從新宿搭上京王線的特急電車，朝府中前進。距離很近，在電車停靠明大前、調布之後，第三站就是府中了。

我第一次造訪府中，已經是昭和六十一年（一九八六年），距今超過二十年前的事了。當時我先去吉祥寺辦事，結束後從ＪＲ中央線武藏境車站搭西武多摩川線，在是政站下車。是政這個地名，來自天正年間（一五七三～一五九二年）移居此地的後北條氏舊臣井田攝津守是政的名字。聽說是政之墓就在今天的東京賽馬場內某處。

那天正好有強烈冷氣團經過日本列島，天氣非常寒冷。我還記得自己縮著上半身從是政站走向府中站的事。

和這樣的府中初體驗相比，今天是個適合散步的好天氣。出了府中站，眼前就是馬場大門的整排櫸木，也可說是府中的象徵。這排櫸木從大國魂神社前鳥居一路綿延五百公尺，據說是世界上罕見的景觀。種有這排櫸木的大國魂神社表參道，從前兩側曾是馬場，武藏國第一大的馬市（一直持續到幕府末期）就在這排櫸木的入口處舉辦。

府中是昔日武藏國的國府。德島本線上有個「府中」站，讀音為「KOU」。據說是因為從前國府的發音就是KOU。比方說，連接江戶城與武藏國國府（府中）的那條路，似乎就稱為國府路[1]。千代田區有個叫麴町的地方，地名的由來就是國府路[2]。

1　發音為KOJI。
2　麴的日文發音也是KOUJI。

順便一提，府中這裡出產一種名為「國府鶴」的清酒，品牌與口味都很不錯，喜歡喝日本酒的人請務必一嚐。

往大國魂神社的方向走去，朝天空盡情伸展枝枒的櫸樹還未冒出新葉。面對神社的左側立著還年輕時的源義家銅像，或許大家更熟悉的是八幡太郎義家這個名字吧。這位武將在平定奥州的「前九年之役」出征途中，曾於大國魂神社（當時名為六所宮）祈禱戰勝，平定後，為了答謝神明的庇佑，於康平五年（一〇六二年）進獻了一千株的櫸木苗（正確來說是源賴義與義家父子共同進獻）。懂得選擇櫸樹，真的是很有品味。

現在大國魂神社表參道兩旁成排的櫸樹，是德川家康入主關東時加以補植而成。面對大國魂神社，右手邊的大樓裡有個使用府中站前天然溫泉的「繩文之湯」，於是我走了進去。雖然時間還是上午，畢竟這裡可是能泡到天然溫泉啊。

在六樓的櫃檯大廳登記入浴。包括毛巾、小毛巾、館內服、寄物櫃使用費在內的基本費是兩千三百日圓。平日上午的緣故，大浴場裡空蕩蕩的（這也是理所當然的事）。

泡在熱水裡，我想起約莫二十年前在紐約聽某位壽司師傅說過的話。

「我有個在府中分倍河原住了兩年的女人唷。雖然曾和各種女人交往過，終究還是日本女人好。其中最好的，就是那個住在分倍河原的女人。她長得很像那個女明星……有沒有？叫什麼來著？酒井，對了，酒井和歌子。」

大國魂神社表參道
兩旁是成排的櫸木
成為府中的象徵

與櫸木立在一起的
八幡太郎源義家
銅像
銅像刻劃了
年輕時的八幡太郎

不是酒井法子而是酒井和歌子。一切都是古早以前的事了嘛。

「那地方可冷了，分倍河原。從河面上吹來的風冷颼颼的。」

和我聊著這些的壽司師傅O先生，好幾次在打烊後約我去酒吧喝兩杯。每次去喝酒，他一定會提的就是女人的話題。我總是抱著「隨便你高興怎麼說」的心情搭腔，卻不知道為什麼，O先生那些百講不厭的女人深植腦海，怎麼也忘不了。

進「繩文之湯」泡個澡
受到美女的包圍（是我的心願，
所以畫了這幅畫）

製造清酒「國府鶴」的中久本店
經營用倉庫改建成的咖啡店

泡過含有鹽分，外觀呈茶褐色的「繩文之湯」後身體暖呼呼的，走在路上風吹過來，感覺很是舒服。路上到處都有擔任志工的人，向他們問路時得到親切的回答。

穿過大國魂神社的鳥居，朝拜殿走去，可以看到左手邊有相撲用的土俵。八朔相撲是這裡的傳統活動，始於天正十八年（一五九〇年）八月一日，為了紀念德川家康入主江戶城，同時為了祈求天下太平，五穀豐收而舉辦的奉納相撲。八朔指的是舊曆的八月朔日[3]。

淨手後，站在拜殿前二鞠躬二拍手一鞠躬。出乎意料的是，有很多年輕女性前來參拜，原來這裡似乎是都內最強的能量景點。我試著問了好幾位女性，每個人告訴我的都是有關能量景點的事，實在有點好笑。女人就是喜歡這類事物啊。我差點對她們脫口而出「其實我本人就是個能量景點」，不過這種話誰也不會相信（廢話，誰會相信），所以就算了。

我想起了中原和代（假名）。身高大約一百六十三公分的她，是個出身大阪的美女。平常說的是標準腔，偶爾不經意冒出大阪方言時，總是莫名地具有女人味。我曾和她來

3 八月一日。

大國魂神社也是
都內著名的能量景點
許多年輕女性前來
參拜
想獲得能量～
想交男朋友
年輕女性祈願的樣子
相當性感
神啊請實現她的願望吧
嘿咻！
氣派的土俵是天正年間
八朔相撲時代流傳下來的

過一次大國魂神社做新年參拜。時逢正月，神社境內攤販林立，氣氛熱鬧。其中也有射靶的攤子，我就玩了那個。沒什麼好隱瞞的，射擊是我的強項，曾在哥本哈根蒂沃利花園舉行的射擊大賽中命中紅心，享受眾人的歡呼。

「妳想要什麼?」

我問中原和代。她說想要放在最後面的瀨戶燒陶瓷兔擺飾。我射出的軟木子彈準確命中兔子額頭，陶瓷兔向後倒下。拿到那個擺飾時她臉上的笑容，直到今天依舊難忘。

沉浸在這樣的回憶中，我離開了大國神社。

沿著府中街道往ＪＲ府中本町車站走。途中經過創業於一八六〇年的「中久本店」，在那邊買了四合瓶裝的國府鶴本釀造清酒。

府中產清酒「國府鶴」

這間酒行位於府中街道與舊甲州街道的交叉點，隔著馬路的另一邊，江戶時期的府中高札場還保存在原地。

ＪＲ府中本町站是南武線上的一站。雖是個

不起眼的車站，熱愛多摩川的德川家康，過去卻在這附近擁有別邸。據說家康經常前往多摩川邊散步。這間宅邸在武藏名勝圖會中也有留下紀錄，稱為府中御殿。家康好像非常喜歡府中，不但捐贈了馬場，還像前面提到的補植過櫸樹，為了獵鷹或在多摩川邊納涼而多次造訪府中。

往立川的電車來了，我搭上電車前往國立。府中本町站的下一站是分倍河原站，朝車窗外望去，可以看到車站前的新田義貞乘馬銅像。

元弘三年（一三三三年），新田義貞奉戶良親王之令舉旗討伐新田庄（群馬縣）。以破竹之勢南下的新田軍，於五月十一日在所澤的小手指原與幕府北條軍展開正面衝突，一舉擊敗對手。隔日，又在久米川對撤逃的北條軍趁勝追擊。就這樣，新田軍挾帶洩洪般的氣勢一路往南進軍。

另一方面，吃了敗仗的北條軍從這裡，也就是多摩川的分倍河原撤退時，緊急聯絡了鎌倉，一邊等待援軍一邊將主力召集至關戶（現在的聖蹟櫻丘一帶）。在鎌倉的北條高時聽聞軍情緊急，立刻安排弟弟泰家出任總大將，出動大軍布陣。

急於獲勝的新田軍對敵人將有大軍馳援一事毫不知情，五月十六日天未亮時，冒雨一舉攻進府中。

後來發生的事大家都很清楚，在這裡就不說了。

以前我曾在分倍河原上散步，這次發現又多了許多新蓋的房屋，任誰也想不到這裡過去曾是發生過那場激戰的地方。不管怎麼說，也是另外一個「干戈夢想的遺跡」吧。

電車經過谷保站，這裡有一九九五年八月過世的小說家山口瞳先生的散文中經常提到的谷保天滿宮。我在西國立站下車。因為站名叫西國立，我滿心以為國立的一橋大學應該就在附近，沒想到這裡已經是立川市了。

真是大失策。無奈之餘只好跑到大馬路上攔計程車，姑且請司機駛到ＪＲ國立站前。

看到ＪＲ國立車站時，忽然覺得哪裡怪怪的。原本國立車站最大的特徵就是那棟紅色三角屋頂的建築，現在竟然已經被拆除，周圍景觀也完全不同了。向車站工作人員打聽才知道，原來是二〇〇六年拆除的，我已經這麼久沒來這裡了嗎。

沿著站前筆直延伸的大學通走到谷保天滿宮。途中經過一橋大學，繼續往前走，右手邊有桐朋學園。這是我的好友，同時也是作家嵐山光三郎的母校。

「你是名校畢業的啊。」

剛認識的時候，我曾這麼對他說。

「才沒那回事呢。我們那時候隨便什麼人都進得去啦。入學考的題目中甚至有『請選出下列哪種文具寫的字無法用橡皮擦擦掉』。答案選項有鉛筆、彩色鉛筆、原子筆，我選了原子筆，就這樣考上啦。是這種程度的學校喔。」

很像他會開的玩笑。

雖說國立這一帶如今已是成熟洗鍊的街區，昔日也曾經只是個名為谷保村的

三角屋頂的國立車站
如今已不復見

我們每年年底
舉行明信片
畫展的
「ESOLA」畫廊
將於五月三日起
舉辦「山口瞳
薰風展」

村落。鎮守這個村子的當然是谷保天滿宮。據說「野暮天（野蠻、土氣、不懂人情世故的意思）」這個字的典故就與谷保天滿宮有關。谷保天滿宮是菅原道真公在大宰府辭世時，三男道武公悲痛之餘，以木頭雕刻了道真公像在此加以祭祀，後來逐漸發展為現在的谷保天滿宮。據說當時的木雕像刻得粗俗土氣，時髦瀟灑的江戶人看了，便開始揶揄地用「野暮天」形容土氣、粗俗或不懂人情世故的鄉下人。從發音上來看，確實是說得通[4]。

參拜過谷保天滿宮後，這次改走面對國立車站時右手邊那一側的大學通。我私下稱為「謎樣古董店」的「CHANG's 31」這天依然沒營業。每次來國立，我都會試著拉拉這間店的門，但是從來沒有一次打開過，總是只能站在外面看看就離開。店內陳列著許多Blue Willow的盤子，我也收藏了許多Blue Willow的古董餐具。曾經拜託住在國立的嵐山光三郎幫我來這裡買英國製的Blue Willow大餐盤，卻不知道為什麼，這間店的門總是不為我開。對我而言真是名符其實的「謎樣古董店」。

走著走著，湯咖哩的招牌映入眼簾，於是決定進去吃咖哩。店名叫「cafe・rera」。

4「野暮天」的發音近似「谷保天」。

一如往常地，我的雷達對咖哩立刻產生反應。店裡有四個結伴而來的年輕女生，一邊談論溫哥華冬季奧運的事，一邊吃湯咖哩。據說湯咖哩的發源地是北海道，店內到處張貼著北海道薰衣草田的照片。那四個結伴來的女生似乎是一橋大學的學生，其中一人長得相當漂亮，其他三人則是只知道讀書的類型。

因為嵐山光三郎住在這裡的緣故，總覺得國立和我有某種緣分。畢竟光三郎對我來說就像是親戚一樣的存在。每年年底，我們都會在這裡的「ESOLA」畫廊合開明信片畫展。參加者有嵐山光三郎、山口正介（山口瞳先生的兒子）以及山口瞳夫人（當然還有我）。今天完成了很不錯的武藏野散步。

不要踩櫻花樹的根！
國立的櫻花樹街上
有這幅小學生
畫的畫
畫得很有味道

何謂御台場，漫步台場

即使在東京，提到要上哪走走時，還是會有些讓人裹足不前的區域。對我來說，其中之最就是「台場」。說起來並沒有什麼特別原因，就是提不起勁去。說是說沒有原因啦，我想大概是因為台場是個喜歡新奇事物的人聚集的地方，而我就是看這點不順眼吧。

最近台場成為東京相當受歡迎的地方（似乎），本書既然打著「東京美女散步」的招牌，終究無法避開這個地方。於是這次，我下定決心（說得太誇張了）前往台場附近散步。

事實上這是我第二次來台場。上次是受邀擔任「Yuming」松任谷由實的廣播節目特別來賓，造訪位於富士電視台總公司大樓裡的錄音間。我在傍晚時分搭上從新橋站出發的「百合海鷗號」單軌電車，從東京灣看出去的夜景實在美得無可比擬。說到夜景，大家都知道香港或曼哈頓的夜景很漂亮，其實東京的夜景也不遑多讓呢。

儘管如此，我就是提不起勁去台場。

「不知道怎麼說啊……」

真要說的話就是這種感覺。台場無法打動我的感性。

無論如何，我還是朝台場前進了。天氣非常晴朗，車窗外，海水閃閃發光。從御台場海濱公園站可以望見第三台場。後面則是曲折的彩虹大橋。

過了御台場海濱公園站，出現在右手邊的是AQUA CiTY台場，左手邊則看得見富士電視公司。不知為何，我的腦中浮現電影《哈利波特》。那是一棟如鯁在喉的不可思議建築物。

過了台場站就是船之科學館站，我在它下一站的電信中心站下車。車內沒有美女的身影，和我同一站下車的是一群中年阿姨。

在電信中心站下車後，走個一分鐘左右就能抵達似乎成為最近台場著名觀光勝地的

「大江戶溫泉物語」。這是一個溫泉主題樂園，據說使用的是天然溫泉。我決定進去看看。

館內重現昔日江戶城鎮的風貌（話雖如此，大概只有學校成果發表會的水準），在繳費處領了通行手牌後，在名為「越後屋」的地方選擇浴衣，再到更衣室換上浴衣便可前往澡堂。廣小路上有各種商店（吹箭什麼的），身穿浴衣的女性陸續走過身邊。剛洗好澡、穿著浴衣的年輕女人真是風情無法擋。一邊想著這種事一邊往前走，遇上三個年輕女孩請我幫她們拍照，說是R教大學二年級的學生。三人都長得頗有姿色，算是今天的收穫之一。

「大江戶溫泉物語」
正門口，換句話說
玄關就長
這個樣子
來者何方神聖
哎呀，怎麼啦

我泡在露天溫泉裡，一邊想像剛才那幾個R教大學的女生在溫泉裡玩鬧的樣子，一邊思考關於台場的二三事。

情侶可以一起享受足湯的樂趣很受歡迎
好喜歡
也看到一個正在打太鼓的美女
「綱吉之湯」原來是小狗的溫泉
汪的佛
「大江戶溫泉物語」相當講究的露天溫泉

江戶時代的庶民們第一次親身感受到幕府末期的變動不安，應該是嘉永六年六月六日（一八五三年），看到江戶灣上出現外國蒸氣船的那一刻吧。然而，表現得比民眾更加驚慌失措的竟然是幕府，實在是太丟臉了。讓我不由得聯想到現代的某國。

幕府被迫採取具體的對策。

但是根本沒有什麼對策可言，頂多是敲打警鐘，讓大名諸侯與幕府眾臣換上火災時的裝扮登上城頭這類舉動，簡直就像在耍猴戲。由於隨時可能開戰，導致物價飛騰，武器商店生意興隆，甚至出現膜拜培理大明神的人[1]。

在種種情勢演變下，幕府臨時決定於江戶灣上建造幾座人工炮台[2]，加強防範夷狄的侵襲。臨危受命的是伊豆韮山的代官江川太郎左衛門英龍。江川是曾拜長崎町年寄高島秋帆為師的幕府末期炮術專家。

江川原本的計劃是在富津、觀音崎拉開一條防線，但貧窮的幕府財政無法支持他做到這一點。包括江川在內共有五人被任命為調查委員，其中只有江川一人是技術專家。據說他以荷蘭築城家恩格爾貝茲（Engelberts）的築城術為範本，打算建造可迎擊、橫擊、追擊的五角形或六角形炮台。總而言之，那是需要一筆相當龐大經費的大型建設計劃。

經歷種種摩擦爭執，終於在十個月後的嘉永七年四月（一八五四年），完成第一、第二與第三號炮台，一段時間後，同年十一月五號與六號地基炮台也宣告完成。四號炮台只完成七成，七號炮台則才剛埋入海底就停工了。除了財政窘迫之外，更重要的是一月時培理二度來日，於三月三日時與幕府締結日美親善條約，迴避了美日兩國於江戶灣上開戰的命運。話說回來，若是真的開戰，已經完成的炮台實質上能發揮多少實戰與防衛能力也值得懷疑。

現在從御台場海濱公園站往彩虹大橋的方向看，看得見現存的第三台場與第六台場。第六台場成為距離較遠的一座小島，除非從彩虹大橋上或搭水上巴士靠近，否則看不見。想要登上小島更需要先辦理嚴謹的手續。不過，第三台場如今形成一座與陸地相連的公園，可以直接走上去。明明看得很清楚，走過去卻得花上十五分鐘，或許當初曾經針對建造位置做過一番研究也不一定。

現存的第三台場與第六台場已於大正十五年（一九二六年）認定為國家古蹟。

1 培理是率領黑船打開日本鎖國時代的美國海軍將領。

2 台場即為炮台之意。

第六台場
背後就是彩虹大橋
幕府的那些大人物們
有誰能想像得到
這幅風景
有自由女神像的
散步道

泡完室內溫泉後泡露天溫泉，再到三溫暖流了一身汗才離開。不知從哪裡得到的資訊，來大江戶溫泉物語的外國客人很多。

「俺可是泡過打造成日本江戶時代風格建築的溫泉喔，知道那裡的觀光客可不多喔，去日本還是該體驗一下江戶風情才對。」

外國人回國後，說不定會這樣自吹自擂。

從電信中心站搭上往新橋方向的百合海鷗號，搭兩站到台場下車。前方右側是富士電視台，如前所述，我第一次來台場就是來當Yuming的廣播節目特別來賓。已經忘了當初的錄音間在富士電視台幾樓了，只能確定是在這

棟建築內沒錯。晚上七點左右，東京灣的夜景美得出乎意料。

我認識Yuming是一九八〇年代初期的事，那時她已經是代表日本的音樂人。起因是我為她的LP專輯《珍珠耳環》內附音樂解說手冊繪製插畫。後來又有機會和她吃了幾次飯，每次都聊得很愉快，她是個舉手投足皆散發身為女性美感的人。熟知如何讓談話愉快的基礎，也很善於理解別人的心情。Yuming的頭腦也動得很快，經常令我佩服不已。

富士電視公司在搬到台場前，原本位於新宿區的河田町。現在這棟建築物出自丹下健三先生的設計。富士電視台於一九五九年開台，堅守提供家庭娛樂節目的傳統，有段時間甚至以「母親與孩子的富士電視台」做為電視台的宣傳文案。然而另一方面，富士也長期宣導徹底實施行政改革的要求，強調電視台的言論機構性質，在主要電視台中成為獨樹一格的存在。

說到富士電視台，就不能不提美女如雲的女主播群。換句話說，這棟宏偉肅穆的建築物內，有著許多生來具備美貌與聰穎，服裝品味又好（這點值得商榷）的美女，走到哪裡都能聞到她們身上散發的體味。只希望她們將來不要成為粗俗的職棒選手、高爾夫球選手或可疑的青年實業家們的囊中物。

容我岔個題，以前的富士電視台所在地河田町有一間我喜歡的民藝品店，所以我經常去那個地方，而且也有朋友住在那邊。不約而同地，他們都對我傾吐過富士電視台離開之後的喜悅，異口同聲說富士電視台離開後，河田町變得比以前更好了。總覺得能夠理解他們的心情，該不會只有我這麼想吧。

我在赤坂長大，日本電視台還沒進駐四番町前也曾在那裡工作。赤坂和四番町都因為電視台的進駐而失去了原本的品味。這是事實，人人都這麼說。

這麼說來，富士電視台搬到台場還真是搬得好。乾脆把東京所有的電視台都集中到台場去好了。

隔著百合海鷗號的高架軌道，富士電視台靠東京灣那一側就是AQUA CiTY台場，我試著走進去看看。這是一棟購物商場，也有各國料理的餐廳。或許是出於對新奇事物的好奇心吧，這裡到處都是追求新奇事物的年輕情侶，散發一股說不出的窮酸味。真正的貧窮是無可奈何的事，散發窮酸味就不好了，安西水丸我總是這麼認為。

雖然對AQUA CiTY台場提不起半點興致，在它前方（面對東京灣）的木製散步道倒是個令人心情愉悅的地方。海風吹起來也舒服。看得見背後有彩虹大橋襯托的第三台場與第六台場。我坐在長椅上眺望著這片風景發呆，心想到了晚上夜景一定更美。

就在此時，一樣破壞我當下心情的東西映入眼簾。就是那苔綠色的自由女神像。這是上紐約灣上那有名的

木頭露台上的散步道
營造出很不錯的氛圍

自由女神像的複製品，不知道究竟為什麼要把那種東西拿到這種地方來。難道是想營造紐約的氣氛嗎。這完全就是我剛才說的窮酸味啊，滿嘴抱怨真是不好意思，對自由女神的粉絲很抱歉。

為了紀念一九九八年到一九九九年的「日本的法國年」，日本曾向法國商借了一八八九年設置在法國巴黎賽納河格勒納勒橋旁的自由女神像一整年的時間，現在台場這座自由女神像就是她的複製品。

我走到與陸地相通的第三台場上，這座台場於昭和三年（一九二八年）時，在經過東京市的整修後，做為台場公園重新開放。周圍以石塊築起堤防，低的地方也有五公尺，高的地方高達七公尺左右。忘了和對方是什麼關係了，但我小時候，家裡有個熟人在來回東京灣的拖船上工作，他曾帶我搭上拖船，從海上眺望台場好幾次。不過當然，直到這天我才真正踏上第三台場。

第三台場幾近於正方形，西側某處種著矮黑松。此外，台場上也有陣屋[3]和彈藥庫的遺跡，參觀起來別有一番意趣。就這點來說，作為東京古蹟還算及格。

3 江戶時代的民政據點，政廳、駐所或倉庫的總稱。

當我在第三台場上看海發呆時，突然發生了令人難以置信的奇蹟（這句話也有點誇大了）。我竟然又遇上在「大江戶溫泉物語」時請我幫忙拍照的那三位R教大學女生。

這次我主動這麼表示。

「我幫妳們拍照吧。」

「麻煩您了！」

三人都擺出不錯的表情和姿勢。

她們說在學校專攻的是日本史，其中對幕末史特別有研究，三人似乎都是坂本龍馬迷。也因為這樣，今天去了從品川區京急本線上立會川站徒步兩分鐘的立會川口參觀某個土佐藩的炮台遺跡，又因為另行起意想泡溫泉，所以才會來到這裡。至於我，實在是不喜歡坂本龍馬。

她們也幫我拍了以彩虹大橋為背景的照片。為了請她們寄照片，我拿出名片。她們也撕下行事曆的空白頁，寫下電子郵件信箱給我。那時的神態真是非常可愛。

走在稱霸世界的電器街，秋葉原

雖然開場白就不符季節，但我還是得說，每年我都固定到神田明神做新年參拜。向神明祈求平安的一年後，一路沿著昌平橋通走到神田明神下，往往能看見左手邊秋葉原電器街熱鬧的燈光。這種時候，我總是會沿著中央通往上野方向逃離，去池之端吃個河豚火鍋再回家。我非常不擅長使用電器產品。

話雖如此，現在是電波的時代，是電腦和iPad的時代了。於是我決定，這次的美女散步就去秋葉原看一下吧。活到這把年紀又一直生活在東京的我，竟然是第一次去秋葉原。

秋葉原車站有JR山手線、京濱東北線和總武線通過。秋葉原這個地名，其實應該在靠近JR線御徒町車站的昭和通上（以地址來說屬於台東區），可是大多數人口中的秋葉原指的卻是車站附近、電器街以及千代田區的外神田、神田佐久間町和神田花岡町一帶。

神田佐久間町的地名，聽說來自過去在此經營木材生意的商人佐久間平八，神田川沿岸也還留有神田佐久間河岸的地名。

既然提起歷史了就順便（也、也不能說是順便啦）說說秋葉原地名的由來吧。

明治二年十二月（一八六九年）發生了一場大火災，因此明治天皇下令於現在的秋葉原車站內設立鎮火神社。許多人誤以為奉請鎮守的神明是江戶時代受到廣泛信仰的防火神秋葉大權現，由於民眾習慣暱稱秋葉大權現為「秋葉大人」或「秋葉先生」，因而跟著將火災時做為防火空地的區域稱為「秋葉之原」或「秋葉原」，成為如今秋葉原地名的由來。這也就是為什麼，打開江戶時代之前與台東區相關的歷史書籍，會發現其中完全找不到秋葉原這個地名，千代田區的書也一樣，原因就在這裡。

話說回來，自己擅自誤會又擅自發展成地名這一點，確實很有糊里糊塗的江戶人風格，我自己是不討厭這種「差不多就好」的個性啦。秋葉原（AKIHABABA）如今已發展為世界知名的電子商圈，以「AKIBA」的簡稱廣受世人喜愛。

還有一件不可遺忘的事，秋葉原也是女僕咖啡店的發祥地。

「歡迎光臨，主人。」

在女僕咖啡店中，打扮成女僕的女孩們會這麼說著迎接上門的客人。總覺得我沒辦法接受這種事啊。可是既然都來到秋葉原了，還是得體驗一下才行吧。如果可以的話，希望能遇到美少女。儘管懷著這樣的期待，我手邊卻毫無任何女僕咖啡店的資訊情報，只能不顧一切豁出去了（是也不用這麼拚命啦）。

總而言之，我在JR秋葉原站下車，朝寫有「電器街口」標示的方向走出去。現代化的

秋葉原站前廣場邊
是一座座現代化的
高樓大廈
打扮成女僕
帶著咖啡店的宣傳單站在街頭的女生

高樓大廈將車站前圍成了一個廣場。往左側走去，有一棟老舊的四層樓建築，屋頂上掛著「秋葉原電波會館」的招牌。進去一看，全都是（我想應該是）與電器相關的零件商店。老實說，我根本一頭霧水，搞不懂什麼東西是拿來做什麼用的。畢竟我是個連電燈泡都不會換的電器白痴。

走出「秋葉原電波會館」，橫過前方的馬路是中央通，沿著這條路往右邊走就是上野，往左邊走就是銀座。

整個秋葉原電器街幾乎都在外神田範圍內。以地址來看，電器街口是外神田一丁目，往北的中央通東側是四丁目，聚集了許多女僕咖啡店的西側則是三丁目。從江戶時代至今，現在神田川北側一帶便一直被稱為外神田，範圍從一丁目到六丁目。也可以說，秋葉原的電器行都集中在這個區域。

中央通的道路兩旁站了不少打扮成女僕，正在發咖啡店宣傳單的女孩。她們的長相決計稱不上美女，而打扮成女僕雖然令她們散發出一股少女感，仔細一看，臉龐還是透露出年齡的痕跡。只是無論如何，她們肯定都是角色扮演（制服Play）的愛好者無誤。

走在電器店叢林內，看到很多外國人，其中最醒目的是中國來的旅行團。他們知道的資訊大概比日本人還多吧。透過翻譯問了店員一大

打扮成女僕的女孩速寫
也有看起來就像是真正高中生的女孩子
不可思議的是，很多都是小個子的肉肉女生

走北歐懷舊路線的女僕喫茶店「幻橙館」入口
真梨邑Kei的DVD封面
真梨邑ケイ
情事
Jyoji
II

堆問題，店員也為了促銷顯得相當拚命。不管他們怎麼樣，我只是為了找美女才來這邊散步的，心情輕鬆得很。

因為肚子餓了，於是走進名為「La hore」的咖哩店，吃了加蔬菜的極辣咖哩飯（七百日圓），吃完之後又到處走走看看。只要是可能聚集人潮的地方，就一定會有打扮成女僕的女孩站在那裡發傳單。重複說一次，她們都不是美少女，打扮成女僕的樣子甚至有點詭異。

看到一間賣二手DVD的店，我決定進去看看。一樓陳列普通的電影DVD，上了二樓和三樓，整面牆都是成人影片。我的眼光停留在其中一張DVD上，影片的標題是《真梨邑Kei情事II》。伸手拿下來一看，封面上滿是那位爵士歌手真梨邑Kei不堪入目的照片。有含著陰莖的，有打馬賽克的，有大開雙腿清楚露出性器的。我曾在週刊雜誌上看過她的露毛照，想不到現在竟然做到這種程度了。

一九七〇年代尾聲，一九八〇年代即將開始時，我和真梨邑Kei曾在雜誌上對談過。當時她是暢銷美女爵士歌手。在美麗又有女人味的她面前，我從頭到尾都緊張得不得了。真梨邑在名古屋開演唱會時，我還特地從開往京都（我那時在京都的學校當插畫講師）的新幹線上中途下車，帶著花束衝去看她的演唱會。穿上舞台裝的她非常性感。

情不自禁買下她的DVD。等到結束秋葉原散步，回到工作室後也看了DVD。真梨邑Kei異常性感。異常色情。沒記錯的話她生於一九五七年八月，熟透的雪白肌膚上到處生有小黑痣。眼神的動向、淫亂的嘴唇、疲倦的乳房，被男人從背後插入的白色臀部……一切都色情得令人感動。影片中不時流洩她唱的爵士歌曲，歌聲中隱約帶有一股莫名的哀傷。我在想，說不定爵士樂本來就該這樣。

真梨邑Kei或許是個真女人。我以過去曾與她對談為傲。

雖然只出現在DVD裡，她卻是我這次在秋葉原遇見的女人中最美的一個。

我在同一條路上走過來走過去。東京已進入梅雨季，這天卻如夏天一般豔陽高照，非常炎熱。這一帶雖是電器街，好像歷史相當悠久，不時可看見保留昭和氣息的大樓和木造民房。

在巷弄裡看見掛著「秋葉原食堂」招牌，完全符合大眾食堂王道的店，不料走過去一看，食堂前還有另一塊從前那種煤氣燈作成的招牌，上面寫著「幻燈館」。我停下來仔細看，發現有歐式女僕喫茶等字樣。雖然搞不清楚到底是什麼，既然說是北歐懷舊風格的話，那就進去看看吧。

打著紅色大緞帶領結的少女（並不是真的少女，只是少女風）隨性地帶領我到桌邊入座。女僕制服設計成深藍底色與白色與紅色條紋圖案，比站在馬路上發傳單的那種女僕裝好看太多了。她讓我看菜單。

站在萬世橋上
遠望電器街
戴帽子的美女擦身而過

「要不要來一點手工甜點？」

「不，不用了。請給我冰咖啡（五百五十日圓）。」

「要不要點一客我們店裡的印度口味雞肉咖哩？很好吃喔。」

「不了，我剛吃過中飯。」

「女僕寫真一張兩百日圓，要不要帶一張？」

「不用了，不過還是謝謝妳。」

經過這番對話後，我喝完冰咖啡就離開了。說是女僕喫茶，不過就是讓服務生穿上女僕裝而已。雖然我沒真的去過，不過大概就像大正時代的牛奶廳[1]吧。話說回來，秋葉原好像真的有打扮成女僕提供性交易的店。一直重複這種話或許令人厭煩，但我真的很不喜歡角色扮演什麼的。應該說，我討厭一切帶有作戲性質的東西。

為了收集資料，四處按下快門拍照，傷腦筋的是底片在這時候用光了。我走進相機店想買底片，才驚覺現在的相機店不賣底片。完全是數位相機的時代了啊。

這種時候會畫畫就派得上用場。我一邊走，一邊將眼前看到的景物畫在筆記本上。

話雖如此，像秋葉原這樣的電器街，找遍整個世界也是罕見的吧？儘管我個人對電器幾乎沒興趣，對於喜歡的人來說，就算待上一整天甚至每天來也一定很有樂趣。這條電器街原本是太平洋戰爭後在駿河台或小川町邊境一帶黑市賣起收音機零件等專業電子用品的商人，在昭和二十六年（一九五一年）的攤販整頓令下集中到這一帶的高架下營業，隨時代演變逐漸發展而成今天的電子商圈。說不定，比起青山那種小時髦的店，這種帶有黑市氛圍的地方反而更能牽動人們的情緒。我經常喝酒，愛喝酒的人都有某種追求「憔悴酒」的傾向，喜歡挑下大雨或大雪的日子，跑去高架橋下之類的地方喝酒。我個人就有這種嗜好，不由得認為這和人們容易受黑市氛圍吸引有異曲同工之妙。

一邊到處畫速寫，一邊想著這樣的事。

沒看到什麼美女，連結伴逛街的女性都沒遇見。情侶倒是不少，大家都穿得很休閒。穿著這麼輕鬆休閒的衣服，大概是來買動畫或遊戲機的吧。「Yamagiwa Livina」隔壁的日本石油加油站旁有個寫著「伊勢丹發祥地」的石碑。我不知道現在新宿的伊勢丹百貨原來起源於此，出神地盯著石碑看時，路過的老人家上前與我攀談。

「這附近啊，以前很多馬具店、古董店和麻布店喔。」

看起來是位好好先生的老人家說他從以前就一直住在這。昭和初期專賣收音機零

1 當時的政府為了鼓勵民眾喝牛奶而大量出現的飲食店，咖啡普及後也供應咖啡與甜點等輕食。

件的批發商廣瀨商會與販售獨家收音機組合的山際電氣商會是秋葉原發展的兩大功臣，這件事也是老人家告訴我的。雖說不是美女，能和世居此地的老人家談上話還是值得感恩。這種經驗有時還是挺不錯的，那是一位一臉道地江戶人表情的老人家。

和老人家道別後，我忽然想起自己剛從大學畢業，在廣告公司工作時負責日本Victor廣告的事。立體聲音響（separated型）、攜帶型電視（黑白畫面）等，都

也有不少愛好者
特地來這裡找尋
這類舊時代的商品

是當時劃時代的商品。來到秋葉原，清楚地感受到時代潮流轉變之快有多麼殘酷。

看到風俗店案內所[2]，不如進去看看吧。

有穿女警裝的女孩幫客人按摩的店（肩頸按摩紓壓，十分鐘一千兩百日圓），有可以躺在女孩大腿上讓她掏耳朵的店（三十分鐘套餐兩千五百日圓），也有角色扮演賭場，以及跟穿睡衣的女孩睡在一起的「女生宿舍」。全都是些挖空心思追求創意的店呢。

就算能和穿睡衣的女孩子躺在一起又怎麼樣呢？我不免擔心起日本的未來。

在刺眼的強烈陽光下，一邊這麼碎念著，我離開了秋葉原。

2 特種營業店鋪的介紹所。

從兩國往錦糸町、龜戶一帶

我從小就非常喜歡相撲，經常自己畫與相撲有關的畫來玩。四十八招式（不是指性愛體位）也不用看資料就能快速畫出來。小學時還曾自己製作相撲百科。

我是出羽海部屋的支持者，特別喜歡第四十一代橫綱千代之山。

小學、國中時，在學校裡也會和同學玩相撲。雖然我身高還算高，卻因為體重過瘦，怎麼樣也稱不上厲害。即使如此，我還是不斷伏案研究各種招式，奪得白星[1]的次數漸漸增加。也是在那個時期，我學到相撲中獲勝的最大重點在於「立合」[2]。

「相撲的立合是平衡感的奇蹟。」說這句話的人竟然是法國詩人尚・考克多，只能說他慧眼獨具了。

邀請尚・考克多第一次前往國技館欣賞相撲的是同為詩人的堀口大學，就在當時考克多說了前面那句話。

相撲最近蔚為話題，只可惜與本來的相撲運動無關，而是力士與親方們涉入職棒簽賭，實在叫人遺憾。

想著這些事，發現自己也好一陣子沒去兩國了，不如就到那邊散散步吧。路線順序則是從兩國到錦糸町再到龜戶。

從前的兩國車站
好懷念啊
甜點店裡的力道山人偶
國技館通上每隔一段距離就有一座這樣的銅像
手印
摩登的回向院山門
擅長「突張」推技的千代山手印

1 相撲中表示勝者的標示。

2 指相撲開始時，選手從蹲踞姿勢起身的那一刻。

搭中央線到JR御茶水站換總武線，電車一過隅田川就是兩國站。出剪票口往右是兩國國技館，其後方是江戶東京博物館，再遠一點還看得見即將完工的東京晴空塔。

第一代兩國國技館的建設始於明治三十九年（一九〇六年），完成於明治四十二年（一九〇九年）。設計者是師法英國建築家喬賽亞．康德（Josiah Conder）的辰野金吾（東京車站也是他的設計）。

國技館最有趣的一件事，是曾在昭和三十三年（一九五八年）時挪用為日本大學的講堂。於昭和三十六年進入日本大學就讀藝術學部的我，就在這間講堂裡出席了入學典禮，昭和四十年三月的畢業典禮也在這裡舉行。就這點來說，我可是見證了歷史的證人。

兩國站於明治三十七年（一九〇四年）啟用。我小的時候，兩國站是房總西線（現在的JR內房線）的起迄站。患有小兒氣喘的我因為病情惡化的緣故，必須搬到南房總千倉町療養，偶爾才能回東京。每次我回東京，總是會有哪個姊姊（畢竟我有五個姊姊）來兩國車站接我。在月台上看到姊姊時，心情是加倍的高興。可是等到要回千倉時，寂

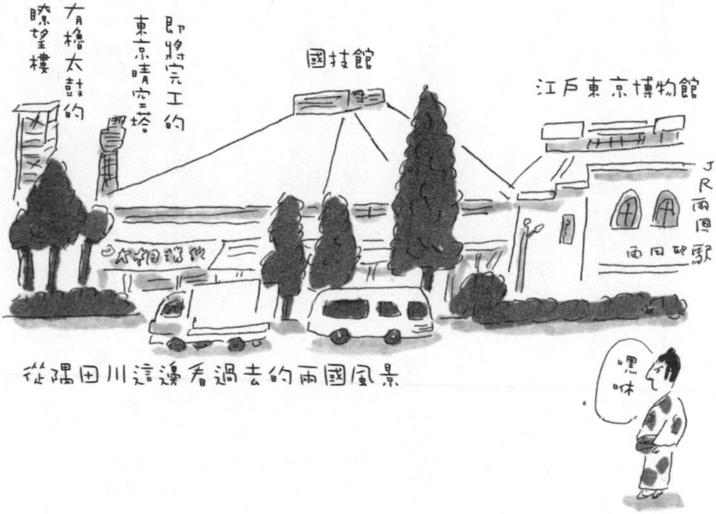

從隅田川這邊看過去的兩國風景

寞的心情卻又令人難以忍受。有一次是哥哥（只有一個大我十五歲的哥哥）送我去搭車，原本已經離開的哥哥，在列車即將發車時跑回來交給我一個小盒子。火車很快啟動了，哥哥在月台上對我揮手。光是看到這一幕我就想哭，打開盒子一看，裡面裝了兩隻小烏龜。男孩子不可以在人前落淚，這是母親的教誨，但是我實在忍不住低下頭一路哭到木更津。當時從千倉到兩國得搭上整整五小時的火車。

造型復古的兩國車站原址後來變成了啤酒屋，只剩下終點站的軌道孤零零地保留至今。

從兩國車站稍微往錦糸町的方向走，在清澄通和三目通之間有一個叫綠町的地方。豎川沿岸的綠町誕生於元祿元年（一六八八年），歷史相當悠久。據說町名的由來是想取一個和松樹有關，聽起來又吉利的名字。著有《捉迷藏》和《油地獄》等作品的明治時代文學家齋藤綠雨年輕時在現在的綠小學附近住過一陣子，筆名「綠雨」中的「綠」字，就是來自這個町名。

為什麼我會提到綠町呢？當我還在讀小學時，某年春假外婆曾帶我到這裡來，似乎是外婆的妹妹住在綠町的緣故。之所以說**似乎**，是因為當時的我還太小，搞不清楚彼此之間的親戚關係。

和外婆一起拜訪的那家人姓羽矢川（假名），家中有非常美麗的三姊妹。三人各差兩歲左右，我想應該都是二十幾歲。因為她們的父親已經戰死，只剩下一家四口相依為命。次女名叫薰，在我還沒上小學，只有四、五歲的時候，她因為得了某種胸肺方面的毛病，為了養病而住進我千倉家中的後院偏房，住了兩年左右。還記得那時我經常和她一起去海邊散步。因為是胸肺的毛病，母親不太喜歡她接近我，可是我卻經常央求和她一起去海邊散步。儘管當時還是個孩子，依舊對她留下深刻的印象，她是個很適合穿浴衣撐陽傘的人。

高二那年暑假，我和千倉時代的夥伴在海邊游泳時，忽然從岩石間出現一位穿著泳衣的年輕女性。胭脂色泳裝遮不住的肌膚有著近乎透明的白皙膚色，她浮出水面時宛如一條美人魚（抱歉只能用這麼膚淺的形容，因為當時她真的給我這種感覺）。「她是哪裡來的人呢」，我一邊在心中如此暗忖，一邊趁夥伴不注意，不時偷瞄在海中游泳的她。使我大吃一驚的是，回家後發現她就坐在客廳裡和我母親談笑。

「這位是羽矢川家的朋子小姐喔。」

母親這麼介紹。原來是綠町美女三姊妹中的么女。

「哎呀，小昇（我的本名）長這麼大了！」

聽到她這麼說，我好高興。

漫步綠町街道間，想起了這段往事。試著想找尋羽矢川家卻遍尋不得。那麼美麗的三姊妹，後來一定擁有幸福的婚姻生活吧。這真的是一段遙遠昔日的回憶了。抱歉說了這麼多私事，只是既然來這裡為的是美女散步的主題，無論如何我都想將曾經住在兩國的羽矢川美女三姊妹寫下來。

面對隅田川，沿著國技館通，朝豎川方向走去，正面迎來的是回向院的山門。

包括江戶時代戲曲作者山東京傳、京山等人在內，回向院內以眾多名人之墓聞名，其中尤以怪盜鼠小僧次郎吉之墓最為有名。聽說他的俗名叫做中村次良吉。

我第一次進回向院是參加活躍於一九七〇年代的植草甚一先生的葬禮。雖然和他不是很熟稔，但曾為他的文章畫過插畫，因為這樣的關係而出席。當天日野皓正先生為他吹奏小號送葬，是我印象最深刻的事。後來荒木經帷先生讓我看他當時拍下植草先生靈柩車從回向院出來時的照片。荒木先生說，那張照片是他從兩國車站的月台上拍的。

走了好幾個地方，幾乎沒有看到稱得上美女的女性。我搭上中央線快速電車，從御茶水站換搭總武線，從這時候開始美女就消失無蹤了。

午餐時間到了，找尋有什麼好吃的時候，看見一間叫「若」的店，那裡的豬排咖哩似乎很有名，於是決定進去試試看。看到店面介紹這裡是前小結[3]，引退後從事相撲解說工作的若瀨川泰二的公子開的店。大家都知道我喜歡吃咖哩，但這是我有生以來第一次吃豬排咖哩。若瀨川那不拖泥帶水的語氣和充滿人情味的解說，至今仍縈繞在耳邊。

飽餐之後走出「若」，忽然很想抽雪茄。店前方有個小公園，不知是哪間公司的一位粉領族，正穿著制服站在那裡抽菸。那是一位髮長過肩，臉龐細長的女性，長相是我喜歡的型。

我在石頭長椅上坐下，找了半天卻找不到打火機。鼓起勇氣向她借火，她從手提袋中掏出女性用的**Zippo**打火機。或許因為老了，最近連這種事情做起來都很自然。

「好香的味道，您向來都抽雪茄嗎？」

「從年輕時就沒抽過紙捲菸。」

「我也喜歡雪茄的味道，那是什麼牌子的雪茄呢？」

「*Cohiba*的*Siglo I*。因為尺寸比較短，外出時都抽這個。」

3 大相撲的排名，等級次於關脇。

她好像是公園旁那棟大樓裡的公司員工（S不動產兩國大樓。同一棟樓裡有兩國煙火資料館）。有時，她的長髮隨風飄揚起來，不知是否該用栗子色來形容，如果可以指定色票[4]的話，我想大概是百分之四十的藍色（cyan）加百分之百的黃色（yellow），再加上百分之百的洋紅（magenta）以及百分之七十的黑（black）吧。原本想這麼說的，若是真的說出口，對方一定會覺得不舒服，所以還是算了。我們坐在石頭長椅上天南地北地閒聊了十分鐘左右。她告訴我，自己每天從接近荒川的平井通勤來此上班。

後來，我又走到大相撲的春日野部屋及出羽海部屋前。我最喜歡的千代之山就隸屬

於出羽海部屋。春日野部屋也出過一位名橫綱栃錦。我想，那或許是相撲界最輝煌燦爛的時代。

接著我走在往右可以看見豎川一之橋和鹽原橋的路上。一之橋是赤穗浪士前往吉良上野介家復仇時最先渡過的橋，鹽原橋則與受到繼母虐待，和愛馬「青」訣別，離開江戶後出人頭地的鹽原多助有關。鹽原多助的人情故事是歌舞伎及浪曲中耳熟能詳的橋段。

兩國這塊土地上有各種歷史遺跡，對喜愛歷史的人來說，這裡就像是無窮盡的寶藏。忠臣藏的吉良邸遺址、芥川

4 設計、印刷時使用的色彩樣本。

龍之介的出生成長之地、勝海舟誕生之地、葛飾北齋誕生之地、人稱鬼平的長谷川平藏以及以櫻吹雪刺青聞名的遠山金四郎故居都在這一帶。

沿著國技館通走回兩國車站，途中看見「隅田川相撲甚句會」，也就順便過去看看。原來這裡是相撲甚句[5]的教習所。入會費一萬日圓，每個月學費四千日圓。我雖然沒有興趣學甚句，手邊倒是有甚句的CD。每次聽著提振士氣的「啊～嘿咻嘿咻」，都能感到一種難以言喻的意趣。

啊～嘿咻嘿咻
雪之松前 北海道的健兒啊
啊～宛如槍彈迸發的火花
堅持犀利的「突張」推技

這是千代之山相撲甚句中的一節。

搭上電車朝錦糸町前進。我第一次在這一站下車。中學時代，不知為何一說到錦糸町，我腦中就會浮現中村錦之助（後來的萬屋錦之介）打扮成貓王的樣子站在江東樂天地舞台上唱歌的奇妙想像，所以一直不想靠近這個地方。

江戶時期，現在JR錦糸町站南側一帶有出羽庄內城主十四萬石的酒井家下屋敷（大概相當於現在的丸井錦糸町店附近），北側有奧州弘前城主十萬石的津輕家下屋敷（大概相當於現在的龜戶天神後方一帶）。我朝芥川龍之介及堀辰雄的母校兩國高校走去，離車站很近。

兩國高校原本叫做府立三中，因此校徽上寫的是「三高」兩字，「三」這個數字如今只剩校徽上還能看見。這是一所名門高中，優秀人才輩出。已逝作家半村良先生也是這裡的畢業生，他曾請我吃過一次飯，我們還一起喝了酒。

「與其上不怎樣的大學，江戶人寧可從名門高中畢業就不再升學了，這樣才夠瀟灑。」

半村先生這麼說。

5 一種在相撲比賽時表演的傳統歌謠。

請再容我多提一件事，在這篇連載的責任編輯I的婚禮上，小說家石田衣良先生與我同桌。聽說衣良先生也是兩國高中的校友。

頂著大太陽，我從錦糸町一路走到龜戶天神。儘管新年參拜時期龜戶天神的參拜客絡繹不絕，或許因為現在季節不對，這天顯得有些冷清。春天時開滿藤花的紫藤綠葉發出耀眼的光芒。還沒過太鼓橋時，一個帶著小女孩和小男孩的年輕母親請我幫他們拍照。這位母親可說是絕世美女，真羨慕纏在她身邊的那兩個孩子啊。

「媽媽，人家要喝奶。」

一定會這麼吵鬧吧，真是的。我想我大概是熱壞腦袋了。

兩國高校的
校徽
只剩下這裡還
看得到「三」字

都立兩國高校正門
校內設有國產火柴
發祥地的石碑

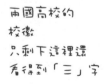

離開龜戶天神後往右手邊走，走到橫十間川。前方有賣葛餅的老店「船橋屋」，我在那裡吃了剉冰，真美味。

青山、原宿一帶

打從成為自由接案的插畫家之後，我的工作室一直都設在青山的街道上。獨立創業當初，原本想把工作室設在人形町，夢想著被人家稱為「人形町老師」（老師是開玩笑的啦），只是想到可能沒有人願意專程到人形町找我，最後還是打消了念頭，將工作室設在青山。一方面也是考慮到如果設在青山的話，跟我一起工作的人還可以順便來青山買衣服。

這雖不全是開玩笑，真正的原因其實是我在赤坂出生長大，對我來說旁邊的青山就是從小再熟悉不過的地方。現在本田總公司大樓的位置原本是間書店，從前我經常站在店裡翻書，也常去現在新青山大樓那裡的和菓子店或稻荷壽司店買吃的。青山對我而言，是個充滿回憶的地方。

說到青山，現在已經是世界知名的時尚都會區了。不用說，原宿的街頭也充滿打扮新潮的年輕人。美女當然很多，街上到處可見媲美模特兒的美女昂首闊步。然而仔細想想，這裡也真是一個無趣的地方。就說餐廳吧，很多都是徒有其表罷了。這一帶也沒有大型書店。只有一副遭到祖國放逐模樣的外國人和得意忘形地挽著他們走路的女人。一到假日，表參道上盡是來炫耀的時髦情侶，其實幾乎都是從鄉下來東京的人。據說在青山長大的畫家岡本太郎就對這樣的青山很失望。我並不特別喜歡岡本太郎，但是很能理解他的心情。青山本來只是很普通的住宅區。我小時候（應該說是高中的時候），青山通還是一條安靜的道路。我常去澀谷看電影，沉迷於東橫百貨店（現在的東急百貨店東橫店）的郵票賣場（當時我很熱衷收集郵票），如果把錢花光了就走路回位於赤坂的家。夜晚的青山通冷冷清清，表參道甚至還有蝙蝠飛過。原本以為是燕子還什麼的，仔細一看結果是蝙蝠。

一九七二年那陣子，我住在神宮前二丁目的公寓，從那之前的幾年起，原宿表參道與明治通交叉口的中央公寓（CENTRAL APRTMENT，現在已經沒有了）聚集了許多攝影師、文案寫手、平面設計師和插畫家這類人種，紛紛將工作室開在那裡，也吸引了不少搞不清楚是幹嘛的年輕人。在我住的公寓附近，還有現在銀座等地到處有分店的「Beams」，當時只是一間面對明治通，開在東鄉神社對面的兩坪左右小店。還有竹下

表參道上的山陽堂（書店）戰前就有了
山陽堂後面的「RED PEPPER」千層麵很有名
谷內六郎的壁畫很醒目
山陽堂
等待獵物的外國人
I think me,too
不覺得很可愛嗎？
無言的水丸
表參道

通，如今一到假日就萬頭攢動，擁擠得彷彿新年參拜時的淺草仲見世，反觀當時，走在上面的永遠只有小貓兩三隻。就連原宿車站周遭也很冷清，只有專賣皇室御照的店孤零零地開在那裡。這是貨真價實的事，只是現在這樣寫，誰也不會相信吧。

奇怪的PRADA大樓
我從小就無法接受
那會發光的突起物
雖說這條路上
確實很多青山美女……

我獨立創業後，第一個工作室設在神宮前三丁目（一般常說的殺手通附近）的「S町南青山」。這是一棟八樓建築，我的辦公室是三樓朝南的房間。那一帶是青山地勢最高的地方，冬天天氣晴朗時，連富士山都能看得一清二楚。走出八樓的緊急出口就是大樓屋頂（不是平的頂樓），夏天時我經常躺在傾斜的屋頂上享受日光浴。工作室在這裡開了三年，每次想起這裡，腦中就會浮現和我一樣租了三樓一房一廳的秋吉直子（假名）。我們常在電梯裡巧遇，久了就熟稔起來，變成經常聊天的朋友。

她有時會來我房間玩，似乎因為晚上才工作，白天總是很閒。身高一百六十公分左右，外表看起來很瘦，實際上身材如何就不得而知了。她是個有點陰沉的正統派美女，長相雖不是我喜歡的類型，帶點神祕的表情倒是頗為誘人。似乎很愛看電影，說自己喜歡羅伯特・安立可（Robert Enrico）導演的《冒險者們》中的里諾・凡杜拉（Lino Ventura）。我也喜歡里諾・凡杜拉，他穿拉格蘭袖的大衣真是好看極了。

雖然她說自己在銀座的酒店工作，可我怎麼看她都不像酒店女公關。有一次，她說店裡休息不用上班，我便和她去外苑前的居酒屋喝酒。儘管一起喝醉回到公寓，她卻若無其事地從我房間門口走回自己房間。那老練的姿態真是帥氣。當時我四十歲，她大概三十出頭吧。

距離那天晚上一星期左右，秋吉直子忽然從「S町南青山」裡消失了蹤影。雖然一直沒看見她，但我並未放在心上。過了兩個多月，我才從認識工作室那棟公寓其他住戶的朋友口中聽說了意外的事實。朋友的朋友是後來也和我在工作上合作的文案寫手，工作室設在一樓，在同棟大樓中另外租了一間房間當住家。

「聽說水丸兄那棟公寓裡住有應召女郎呢。」

「是喔，不曉得是什麼樣的女人。」

我裝作不在意的樣子回應，內心立刻想起秋吉直子。

租那間工作室的時代，還有關於另外一位女性的回憶。從南青山三丁目沿著外苑西通往墓地下的方向走，途中會經過一棟叫做「B青山」的大樓，最上層有一間「C俱樂部」。帶我去那間俱樂部的

表參道正中央附近的
派出所
波麗士大人或許

是廣播作家T先生。我很喜歡那裡的媽媽桑河原敬子（假名）的顴骨，偶爾也會自己過去。俱樂部營業到深夜一點左右，有時也會在那裡看到明星或名人，在青山是滿受歡迎的一間店。還沒得直木賞時的景山民夫也是那間店的常客，每次看到我一個人喝酒就會過來攀談。

店裡共有五個小姐，或許和地域性有關吧，五人都是很有品味的美女。站在我的立場是高興選誰就選誰，不過這方面的事還是有機會再說吧。

店打烊後，小姐們會一起吃晚餐，料理好像就由她們輪流下廚。我非常喜歡吃咖哩，有時工作到很晚，她們會打電話給我：

「水丸先生，今晚吃咖哩喔，現在正要開始吃，歡迎過來。」

那種時候，我總是跨上腳踏車飛奔過去。沒有比在她們圍繞下吃的咖哩更美味的東西。硬要說的話，幸子（假名）做的咖哩最好吃。

工作室在「S町南青山」開了三年，後來我又搬過兩次工作室，現在再次回到神宮前三丁目工作。簡單來說，這十二年左右的時間，我就在青山通南北兩端搬來搬去。嵐山光三郎曾說我是「青山的雪舟」，Yuming則用「青山的北齋」形容我，原因就在這裡。順便說一下嵐山光三郎為什麼會說我是「青山的雪舟」好了。

雪舟犀利的筆觸沒有人能模仿。水丸拙劣的筆觸也一樣沒有人模仿得來。兩人的共通點是都沒有人能模仿。換句話說，水丸就是「青山的雪舟」。

他是這麼說的啦。村上春樹聽了大概會「哎呀哎呀」嘆氣吧。

我經常在青山散步，或是騎自行車。沒有美味的咖哩店是最可惜的地方，不過可以邊走邊逛裏原宿或原宿小巷弄裡的古著店，還是很有樂趣。

從地下鐵銀座線表參道站延伸到外苑站的青山通也是一條時尚街道。從那裡往赤坂方向走，走到青山一丁目站附近就成

了辦公街區。不過，只要踏進大樓後方的街區，又會發現不少私人住宅，意外的是還有很多寺廟。不只是多，青山根本就是墓地之街[1]。

從入主江戶的德川家康手中得到青山屋敷的是德川譜代家臣中的名門，從戰國時代生存下來的硬派大名——青山常陸介忠成。由於他率領的是守衛江戶城的與力同心百人組，屋敷一帶因此被稱為青山百人町。忠成的嫡子忠俊在大坂兩陣立有功勳，卻因不知避諱地在人前斥責家光，原本領有的武藏岩槻四萬五千石江戶邸地遭到收回。這片邸地後來給了他的弟弟幸成。稍微岔開話題，前面提到的百人町就在現在的「SPIRAL HALL」附近，江戶後

期的荷蘭學家高野長英逃亡至此，在百人町遭到圍捕，自盡身亡。據說當時長英拔出短刀，刺入從背後撲上來的捕快側腹部，再割傷從前方撲上來的另一個人臉頰，最後用那把短刀貫穿自己的咽喉，壯烈犧牲。現在「SPIRAL HALL」的基石附近還立有「高野長英終焉之地」的石碑。就算聽到高野長英的名字，那些穿著迷你裙和破牛仔褲的笨蛋情侶也搞不清楚他是誰吧。哎呀哎呀。

言歸正傳，繼承兄長邸地的青山幸成後來成為美濃郡上藩青山家初代藩主。當兄長忠俊之子宗俊（這一分家後來成為丹波篠山六萬石的藩主）被幕府召去時，幸成將北半邊的邸地給了他。幸成是個了不起的人物。直到明治維新時代，青山兩家的領地一直維持隔著如今二四六號國道（青山通）相對的形式。

青山兩家的領地陸續歸還幕府後，這片由青山氏上繳的土地便成為今日青山地名的由來。即使如此，據說南側的郡上藩青山家屋敷佔地甚至還比現在的青山墓地更廣大，真是教人難以想像。

青山幸成過世後，於屋敷內進行火葬，他的兒子幸利在約四萬四千平方公尺的火葬

1 日本有很多墓地設在佛教寺院中。

場上建立寺院，正是如今地下鐵外苑前站旁邊的梅窗院。寺名聽說是從幸成與其側室法名中各取一字組成。每年夏天，梅窗院都會舉行郡上八幡盆舞大會，就是來自與青山幸成的歷史淵源。

隨手寫寫，青山的歷史大概就是這樣。

我在美國大使館工作的朋友（美國人）說，姑且不管日本年輕女人腦子裡有沒有東西，每個人穿著打扮都具備時尚品味。想要表現時尚品味的女人們，多半都會跑到青山和原宿來展現自己。原宿的女人年齡層偏低，青山，尤其是從美術館一帶到橫過青山通，連結明治神宮的表參道第一個號誌燈附近，路上看到的女人，若是光看外表，確實都相當出色。東京其他地方當然也有年輕美女，只是擺明以展現自己為目的而昂首闊步街頭的，除了青山之外沒有別的地方了。

出了我的工作室，往左邊走，有一家叫做「舞泉」的炸豬排店。再繼續往下走到底，右邊轉角處立著一塊「德富蘆花住居跡」的標示木牌。可以確定的是，途經這裡的年輕人沒有人知道這塊木牌是什麼東西，也沒有人為了它停下腳步。看到右手邊出現木

一到秋天，神宮外苑的銀杏樹
就會閃耀金黃色光芒
年輕人熙來攘往的
原宿車站

牌後往左轉再立刻右轉，就會來到一條有成排櫸木行道樹的道路，這就是從青山通往明治神宮方向的表參道。想到青山看美女的人，我建議在這附近閒晃就對了。

青山的餐廳或料理並不值得期待，我自己偶爾會去吃的只有天婦羅店「宮川」、鰻魚店「久保田」、「大江戶」，當作食堂用餐的壽司店「大瀧」已經在差不多三個月前收掉了。愈是老實做生意的店，經營起來愈辛苦。不，其實我並不清楚人家結束經營的原因。

每週會去一次的小餐館「GALALI」，從工作室走過去大概只要一分鐘。這間店主要以日式料理為主，最好的地方是可以抽雪茄，是雅痞之流的高所得年輕情侶經常會來的地方。店開在巷弄深處，或許也能增加親密感吧。每次看到情侶興高采烈離開店裡的樣子，我就會忍不住想像他們接下來要做什麼。想像和眺望車窗外的風景發呆是唯二既不用花錢又有趣的遊戲。

每次出差後回到青山，總是會有一種安心的感覺。我也不知道為什麼，大概是感受到某種都會的氣息吧。

攝影　橫木安良夫

藍小說265

東京美女散步（上）

作　　者—安西水丸
繪　　者—安西水丸
譯　　者—邱香凝
主　　編—嘉世強
編　　輯—張瑋庭、鄭雅菁
責任企劃—王君彤
封面設計—白日設計
內文排版—極翔企業有限公司
董 事 長—趙政岷
總 經 理—趙政岷
出 版 者—時報文化出版企業股份有限公司
10803台北市和平西路三段二四〇號三樓
發行專線—（〇二）二三〇六—六八四二
讀者服務專線—〇八〇〇—二三一—七〇五
（〇二）二三〇四—七一〇三
讀者服務傳真—（〇二）二三〇四—六八五八
郵撥—一九三四四七二四時報文化出版公司
信箱—台北郵政七九～九九信箱
時報悅讀網—http://www.readingtimes.com.tw
電子郵件信箱—liter@readingtimes.com.tw
法律顧問—理律法律事務所　陳長文律師、李念祖律師
印　　刷—勁達印刷有限公司
初版一刷—二〇一七年七月二十八日
定　　價—新台幣六八〇元（上下不分售）
（缺頁或破損的書，請寄回更換）

國家圖書館出版品預行編目（CIP）資料

東京美女散步 / 安西水丸著；邱香凝譯. -- 初版. -- 台北市：時報文化, 2017.07
冊；　公分. --（藍小說；265-266）
ISBN 978-957-13-7076-7（上冊：平裝）. --
ISBN 978-957-13-7077-4（下冊：平裝）. --
ISBN 978-957-13-7078-1（全套：平裝）

861.67　　106011773

ISBN 978-957-13-7078-1
Printed in Taiwan